1000

पुरातत्त्व प्रश्नोत्तरी

1000
पुरातत्त्व प्रश्नोत्तरी

रेखा

प्र
प्रभात
प्रकाशन

प्रकाशक

प्रभात प्रकाशन प्रा. लि.

4/19 आसफ अली रोड, नई दिल्ली-110002

फोन : 011-23289777 • हेल्पलाइन नं. : 7827007777

इ-मेल : prabhatbooks@gmail.com ❖ वेब ठिकाना : www.prabhatbooks.com

संस्करण

2026

पेपरबैक मूल्य

चार सौ रुपए

मुद्रक

श्री साई प्रिंटर्स, साहिबाबाद

★

1000 PURATATTVA PRASHNOTTARI

by Smt. Rekha

Published by **PRABHAT PRAKASHAN PVT. LTD.**

4/19 Asaf Ali Road, New Delhi-110002

ISBN 978-93-5322-194-2

₹ 400.00 (PB)

पुरातत्त्व में रुचि रखनेवाले
सभी सुधीजनों को
समर्पित

अपनी बात

वास्तव में 'पुरातत्त्व' शब्द का अर्थ बहुत ही व्यापक है। इसमें प्रागैतिहासिक, आद्यऐतिहासिक तथा ऐतिहासिक सभी कालों से संबंधित पाठ्य सामग्री को समेटने का प्रयास किया गया है। प्रस्तुत पुस्तक में मुद्राशास्त्र, अभिलेखशास्त्र, मूर्तिनिर्माण कला, वास्तुकला, उत्खनन, पुरास्थलों से संबंधित व्यापकता को 1000 प्रश्नों में समेटने का प्रयास किया गया है। यद्यपि इतने कम प्रश्नों में इस बहुत ही व्यापक विषय को समेटना एक असंभव कार्य है, परंतु इतिहास एवं पुरातत्त्व के विद्यार्थियों तथा इस विषय में रुचि रखनेवाले पाठकों और सामान्य लोगों के ज्ञान के स्तर के अनुरूप अधिकांश पुरातत्त्व संबंधित महत्त्वपूर्ण तथ्यों से संबंधित प्रश्नों का समावेश प्रस्तुत पुस्तक में करने का प्रयास किया गया है।

प्रत्येक प्रश्न के चार विकल्प दिए गए हैं, जिनमें एक सही उत्तर है। इससे पाठक अपनी तर्क-शक्ति के आधार पर अपने ज्ञान को भी कसौटी पर परख सकते हैं।

प्रश्नोत्तरी शैली में लिखित यह पुस्तक पुरातत्त्व के विभिन्न पक्षों से पाठकों को परिचित कराती है। विश्वास है, पुस्तक पाठकों को अच्छी लगेगी तथा उनके पुरातत्त्व (Archaeology) संबंधी ज्ञान को बढ़ाने में मदद करेगी।

पुरातत्त्व के 1000 प्रश्न

1. प्राचीन भारत के अध्ययन के लिए पुरातात्त्विक सामग्री का विशिष्ट महत्त्व है, क्योंकि–
   (क) भारतीय ग्रंथों की तिथि ठीक से ज्ञात नहीं है।
   (ख) पुरातात्त्विक सामग्री में हेर-फेर करना संभव नहीं है।
   (ग) लेखकों का दृष्टिकोण स्पष्ट नहीं होता है।
   (घ) उपर्युक्त सभी।
2. किस सभ्यता की जानकारी तब आकस्मिक रूप से हुई, जब 1856 में कराँची से लाहौर तक रेल-लाइन बिछाने के लिए सड़कों की आवश्यकता हुई?
   (क) मिस्र (ख) सैंधव
   (ग) मेसोपोटामिया (घ) चीनी
3. सैंधव सभ्यता से पहले के ताम्रपाषाणिक काल की संस्कृतियों के जो पुरातात्त्विक साक्ष्य मिलते हैं, इन ग्रामीण संस्कृतियों को किस पुरातत्त्वविद् ने प्राक् सैंधव संस्कृति कहा है?
   (क) मोहम्मद रफीक मुगल
   (ख) एन.जी. मजुमदार
   (ग) के.एन. दीक्षित
   (घ) जॉन मार्शल

उत्तर के लिए कृपया पृष्ठ सं. 184 देखें।

4. प्राक्–सैंधव संस्कृति से संबंधित कौन से पुरास्थल अफगानिस्तान में स्थित हैं?
   (क) मुंडीगाक (ख) देहमोरासी
   (ग) गुंडाई (घ) उपर्युक्त सभी
5. कोटदीजी नामक प्राक् सैंधव स्थल का उत्खनन कब और किसने किया था?
   (क) फजल अहमद ने 1955 से 1958 तक
   (ख) मुगल रफीक ने 1960 से 1962 तक
   (ग) एन.जी. मजुमदार ने 1930 से 1932 तक
   (घ) उपर्युक्त सभी।
6. सबसे विस्तृत ताम्रपाषाणिक स्थल कौन सा माना जाता है?
   (क) नवादाटोली (ख) नासिक
   (ग) नेवासा (घ) सोनेगाँव
7. जार्वे संस्कृति भारत के किस राज्य में पाई गई है?
   (क) महाराष्ट्र (ख) गुजरात
   (ग) गोवा (घ) मध्य प्रदेश
8. गुड़ियों का निर्माण करने का कारखाना कहाँ पर मिला है?
   (क) चन्हुदड़ों (ख) मोहनजोदड़ो
   (ग) सुरकोटड़ा (घ) नाहड़
9. ताम्रनिधियाँ, जिनका भारतीय पुरातत्त्व में महत्त्वपूर्ण स्थान है, ये क्या होती हैं?
   (क) ताँबे के बने विशिष्ट प्रकार के उपकरण
   (ख) काँसे की बनी निधियाँ
   (ग) ताँबे और काँसे की बनी पुरासामग्री
   (घ) उपर्युक्त कोई नहीं।
10. ताम्रनिधियाँ सर्वप्रथम कब और कहाँ से मिली थीं?
   (क) 1822 में बिठूर से (ख) 1824 में सेफई से
   (ग) 1830 में सारनाथ से (घ) 1850 में कानपुर से

उत्तर के लिए कृपया पृष्ठ सं. 184 देखें।

11. ताँबे के बने इन विशेष उपकरणों को ताम्रनिधियाँ क्यों कहा गया है?
(क) आकस्मिक रूप से समूह में मिलने के कारण।
(ख) उत्खनन में मिलने के कारण।
(ग) योजना के अनुसार खोजने से।
(घ) उपर्युक्त कोई नहीं।

12. ताम्रनिधियों का वर्णन सबसे पहले किसने किया था?
(क) 1916 में हीरानंद शास्त्री ने
(ख) 1918 में जायसवाल ने
(ग) 1920 में हाईन गेल्दर्न ने
(घ) किसी ने नहीं।

13. सैंधव सभ्यता किस नदी की घाटी में विकसित हुई थी?
(क) दजला एवं फरात (ख) नील
(ग) घग्गर (घ) सिंधु

14. सैंधव स्थलों की खुदाई से प्राप्त अस्थियों का अध्ययन करने के बाद पुरातत्त्वविदों ने सैंधव लोगों को कितनी जातियों का माना है?
(क) प्रोटोआस्ट्रोलायड
(ख) मैडिटेरियन
(ग) मंगोलियन एवं अल्पाईन
(घ) उपर्युक्त सभी।

15. हरियाणा के किस सैंधव पुरास्थल से लकड़ी के हल के प्रमाण मिलते हैं?
(क) बनावली (ख) मीताथल
(ग) कुणाल (घ) दौलतपुर

16. किस प्राक्-सैंधव स्थल से जुते हुए खेत के प्रमाण मिलते हैं?
(क) कालीबंगा (ख) राखागढ़ी
(ग) लोथल (घ) रोपड़

उत्तर के लिए कृपया पृष्ठ सं. 184 देखें।

17. कौन-से सैंधव स्थल से चावल की खेती के प्रमाण मिलते हैं?
(क) रोपड़ (ख) रंगपुर
(ग) लोथल (घ) द्वारका

18. किस सैंधव स्थल की खुदाई से घोड़े की हड्डियों के प्रमाण मिलते हैं?
(क) सुत्कागेनडोर (ख) सुत्कागोह
(ग) सुरकोटड़ा (घ) लोथल

19. युगल शवाधान किस सैंधव स्थल की खुदाई से मिलते हैं?
(क) लोथल (ख) रोपड़
(ग) रंगपुर (घ) सुरकोटड़ा

20. सैंधव स्थलों की खुदाई से प्राप्त खंडों की माप कितनी होती थी?
(क) 800 × 1200 (ख) 700 × 1100
(ग) 600 × 1000 (घ) 400 × 1200

21. किस सैंधव स्थल से ईंटों का एक कुंड मिला है, जिसमें जानवरों की जली हुई हड्डियाँ मिली हैं?
(क) कालीबंगा (ख) रोजदी
(ग) मालवण (घ) लोथल

22. विभिन्न प्राक् हड़प्पा स्थलों के उत्खनन से प्राप्त ईंटों की माप कितनी मिलती है?
(क) 4 : 2 : 1 (ख) 3 : 2 : 1
(ग) 6 : 4 : 2 (घ) 5 : 3 : 2

23. किस सैंधव स्थल से एक मुद्रा प्राप्त हुई है, जिस पर एक पुरुष योगमुद्रा में बैठा है, जिसके तीन सींग हैं तथा चार पशुओं से घिरा हुआ है?
(क) हड़प्पा
(ख) मोहनजोदड़ो
(ग) बनावली
(घ) राखीगढ़ी

उत्तर के लिए कृपया पृष्ठ सं. 184 देखें।

24. हड़प्पा लिपि का सबसे प्राचीन नमूना कब मिला था?
(क) 1853 (ख) 1854
(ग) 1855 (घ) 1860

25. विभिन्न पुरास्थलों से प्राप्त सैंधव लिपि में कुल कितने चिह्न मिलते हैं?
(क) 250-400 (ख) 400-500
(ग) 150-200 (घ) 50-100

26. सिंधु घाटी सभ्यता के वृहत् स्नानगृह की खोज कहाँ पर हुई?
(क) मोहनजोदड़ो (ख) हड़प्पा
(ग) राखीगढ़ी (घ) बनावली

27. नृत्य करती हुई टेराकोटा की लड़की की मूर्ति कहाँ से प्राप्त हुई है?
(क) लोथल (ख) हड़प्पा
(ग) मीताथल (घ) सुघ

28. किस सैंधव पुरास्थल से बंदरगाह के प्रमाण मिलते हैं?
(क) मेहरगढ़
(ख) चन्हुदड़ों
(ग) लोथल
(घ) कालीबंगा

29. सैंधव को किस प्रकार की सभ्यता माना जाता है?
(क) शहरी (ख) ग्रामीण
(ग) कबायली (घ) द्रविड़

30. सैंधव सभ्यता का नगर-नियोजन किस आधुनिक नगर जैसा था?
(क) चंडीगढ़
(ख) दिल्ली
(ग) कोलकाता (कलकत्ता)
(घ) मुंबई (बंबई)

उत्तर के लिए कृपया पृष्ठ सं. 184 देखें।

31. मानव द्वारा कृषि करने के सर्वाधिक प्राचीन पुरातात्त्विक प्रमाण कहाँ से मिलते हैं?

(क) मेरठ (ख) मीताथल

(ग) मेहरगढ़ (घ) मांडा

32. प्राचीन शैलचित्रों से सुसज्जित भीम बैठका की गुफाएँ कहाँ पर स्थित हैं?

(क) उत्तर प्रदेश (ख) छत्तीसगढ़

(ग) हरियाणा (घ) मध्य प्रदेश

33. जुरासिक काल का माना गया वृक्षीय फॉसिल कहाँ पाया गया है?

(क) हनुमानगढ़

(ख) ओडिशा (उड़ीसा)

(ग) बिहार

(घ) छत्तीसगढ़

34. पशुपालन का सर्वाधिक प्राचीन पुरातात्त्विक साक्ष्य कहाँ से मिलता है?

(क) बागोर (ख) बागडोगरा

(ग) मेरठ (घ) कानपुर

35. सैंधव सभ्यता के किस पुरास्थल से घरों में कुओं के अवशेष मिलते हैं?

(क) हड़प्पा (ख) मोहनजोदड़ो

(ग) कालीबंगा (घ) बनावली

36. सबसे पहले कौन सा पुरास्थल खोजा गया था?

(क) धौलावीरा (ख) राखीगढ़ी

(ग) मोहनजोदड़ो (घ) हड़प्पा

37. सैंधव लोग किस धातु से परिचित नहीं थे?

(क) सोना (ख) चाँदी

(ग) लोहा (घ) ताँबा

उत्तर के लिए कृपया पृष्ठ सं. 184 देखें।

38. किस सैंधव पुरास्थल से एक उन्नत जल प्रबंध प्रणाली का पता चलता है?

(क) लोथल (ख) रोपड़

(ग) धौलावीरा (घ) सुघ

39. पैमानों की खोज ने यह सिद्ध कर दिया है कि सैंधव लोग माप-तौल से परिचित थे। यह खोज कहाँ पर हुई है?

(क) रंगपुर (ख) सेफई

(ग) लोथल (घ) मांडा

40. सैंधव घाटी की सभ्यता कौन-से युग की सभ्यता मानी जाती है?

(क) कांस्य युग (ख) लौह युग

(ग) पाषाण युग (घ) ऐतिहासिक युग

41. किस विद्वान् ने हड़प्पा सभ्यता के अवशेषों को खोजा था?

(क) कनिंघम ने (ख) व्हीलर ने

(ग) आर.डी. बैनर्जी ने (घ) डी.पी. वत्स ने

42. हड़प्पन लोगों को किस फसल की जानकारी नहीं थी?

(क) गेहूँ (ख) ज्वार

(ग) जौ (घ) गन्ना

43. हड़प्पाकालीन विशाल स्नानागार कहाँ मिला है?

(क) मोहनजोदड़ो (ख) बनावली

(ग) रोपड़ (घ) लोथल

44. किसी भी हड़प्पा स्थल की खुदाई से क्या नहीं मिला है?

(क) दुर्ग (ख) नालियाँ

(ग) कुएँ (घ) मंदिर

45. सिंधु सभ्यता के टेराकोटा में कौन सा पालतू जानवर विद्यमान नहीं था?

(क) बैल (ख) बंदर

(ग) भैंस (घ) बकरी

उत्तर के लिए कृपया पृष्ठ सं. 184 व 185 देखें।

46. बिना दुर्ग के एकमात्र सैंधव स्थल कौन सा था?
(क) चन्हुदड़ों (ख) सुरकोटड़ा
(ग) हड़प्पा (घ) धौलावीरा

47. मानवजाति द्वारा प्रयुक्त होनेवाली पहली धातु कौन सी थी?
(क) सोना (ख) चाँदी
(ग) लोहा (घ) ताँबा

48. किस द्रव्य का प्रयोग हड़प्पाकालीन मुद्राओं के निर्माण में किया गया है?
(क) ताँबा (ख) काँसा
(ग) टेराकोटा (घ) लोहा

49. हड़प्पावासी किस फसल के उत्पादन में सर्वप्रथम थे?
(क) गेहूँ (ख) रागी
(ग) चावल (घ) कपास

50. मोहनजोदड़ो पाकिस्तान के किस जिले में स्थित है?
(क) पंजाब (ख) लाहौर
(ग) मुल्तान (घ) लरकाना

51. कौन से प्रसिद्ध सैंधव स्थल को 'मृतकों का टीला' नाम से जाना जाता है?
(क) हड़प्पा (ख) मोहनजोदड़ो
(ग) धौलावीरा (घ) राखीगढ़ी

52. पाकिस्तान में स्थित हड़प्पा नामक पुरास्थल किस नदी के किनारे स्थित है?
(क) रावी (ख) सतलुज
(ग) सिंधु (घ) व्यास

53. वैदिक देवता इंद्र, मित्र, वरुण, नासत्य आदि के बारे में 1400 ई. पू. के एशिया माइनर के किस अभिलेख से जानकारी मिलती है?
(क) बाँसखेड़ा अभिलेख (ख) हाथी-गुम्फा अभिलेख
(ग) इलाहाबाद प्रशस्ति (घ) बोगजगोई अभिलेख

उत्तर के लिए कृपया पृष्ठ सं. 185 देखें।

54. मध्य भारत में भागवत धर्म के विकसित होने का प्रमाण किस अभिलेख से मिलता है?

(क) बेसनगर गरुड़ स्तंभ (ख) प्रयाग स्तंभ

(ग) सारनाथ स्तंभ (घ) जूनागढ़ स्तंभ

55. किस नव-पाषाणकालीन स्थल से मनुष्य के साथ कुत्तों को दफनाए जाने के प्रमाण मिलते हैं?

(क) बुर्जहोम (ख) मांडा

(ग) मेहरगढ़ (घ) किलेगुल मोहम्मद

56. पुरातात्त्विक दृष्टि से आद्यऐतिहासिक काल उस काल को कहा जाता है, जिसमें–

(क) लेखन कला थी

(ख) लेखन कला नहीं थी

(ग) लेखन कला पढ़ी गई है

(घ) लेखन कला थी, लेकिन पढ़ी नहीं गई

57. होमो सेपियस (ज्ञानी मानव) का अवतरण इस धरती पर कब हुआ माना जाता है?

(क) 5 हजार साल पहले

(ख) 10 हजार साल पहले

(ग) 20 हजार साल पहले

(घ) 40 हजार साल पहले

58. आग और पहिए का आविष्कार कब हुआ माना जाता है?

(क) पुरापाषाण काल (ख) मध्यपाषाण काल

(ग) नवपाषाण काल (घ) ऐतिहासिक काल

59. स्वतंत्रता-प्राप्ति के बाद सर्वाधिक हड़प्पन स्थल कहाँ पर खोजे गए हैं?

(क) पंजाब (ख) गुजरात

(ग) राजस्थान (घ) हरियाणा

उत्तर के लिए कृपया पृष्ठ सं. 185 देखें।

60. हड़प्पा नामक पुरास्थल की खोज कब और किसने की थी?
   (क) 1921 में दयाराम साहनी ने
   (ख) 1940 में आर.एस. बिष्ट ने
   (ग) 1923 में जॉन मार्शल ने
   (घ) किसी ने नहीं

61. पुरातात्त्विक अवशेषों के आधार पर कब नवपाषाण काल निर्धारित किया गया है?
   (क) 10 लाख वर्ष पहले
   (ख) 6 लाख वर्ष पहले
   (ग) 50 हजार साल पहले
   (घ) 10 हजार साल पहले

62. मोहनजोदड़ो नामक पुरास्थल की खोज कब तथा किसने की थी?
   (क) 1922 में आर.डी. बैनर्जी ने
   (ख) 1960 में बी.बी. लाल
   (ग) 1931 में आर.सी. मजुमदार ने
   (घ) किसी ने नहीं

63. बी.बी. लाल ने हस्तिनापुर नामक पुरास्थल की खुदाई कब की थी?
   (क) 1940–42 (ख) 1944–46
   (ग) 1950–52 (घ) 1960–62

64. हस्तिनापुर से मिले अवशेषों के आधार पर बी.बी. लाल महोदय ने महाभारत युद्ध का समय कब बताया है?
   (क) 800 ई.पू.
   (ख) 900 ई.पू.
   (ग) 1000 ई.पू.
   (घ) 1200 ई.पू.

उत्तर के लिए कृपया पृष्ठ सं. 185 देखें।

65. कालीबंगा (राजस्थान) नामक पुरास्थल की खोज कब तथा किसने की थी?

(क) 1953 में बी.बी. लाल तथा बी.के. थापर ने

(ख) 1960 में के.एन. दीक्षित ने

(ग) 1960 में अमलानंद घोष ने

(घ) कोई नहीं

66. डी.के. चक्रवर्ती के अनुसार भारत में लोहे का प्रयोग कब से माना जाता है?

(क) 1000 ई.पू. (ख) 1200 ई.पू.

(ग) 1100 ई.पू. (घ) 800 ई.पू.

67. रंगपुर (गुजरात) नामक पुरास्थल का उत्खनन कब तथा किस पुरातत्त्ववेत्ता ने किया था?

(क) 1953-54 में रंगनाथ राव ने

(ख) 1955 में जायसवाल ने

(ग) 1962 में यज्ञदत्त शर्मा ने

(घ) किसी ने नहीं

68. बनावली (हरियाणा) नामक पुरास्थल का उत्खनन कब और किस पुरातत्त्ववेता ने किया था?

(क) 1957-58 में रंगनाथ राव ने

(ख) 1953-54 में यज्ञदत्त शर्मा ने

(ग) 1954-55 में फजल अहमद

(घ) 1973-74 में आर.एस. बिष्ट ने

69. मानव शरीर रचना विज्ञान (Antropatogy) के अध्ययन को क्या कहते हैं?

(क) नृतत्त्वशास्त्र (ख) नाट्यशास्त्र

(ग) दर्शनशास्त्र (घ) समाजशास्त्र

उत्तर के लिए कृपया पृष्ठ सं. 185 देखें।

70. खुदाइयों में मिले पुरावशेषों की प्राचीनता को ज्ञात करने की विधि को क्या कहते हैं?
(क) कार्बन–14 (ख) कार्बन–13
(ग) कार्बन–12 (घ) कोई नहीं

71. भारतीय पुरातत्त्व सर्वेक्षण विभाग की स्थापना कब हुई थी?
(क) 1959 (ख) 1960
(ग) 1961 (घ) 1962

72. भारतीय पुरातत्त्व विभाग भारत सरकार के किस मंत्रालय के अधीन काम करता है?
(क) केंद्रीय मानव संसाधन मंत्रालय
(ख) रक्षा मंत्रालय
(ग) संस्कृति मंत्रालय
(घ) कोई नहीं

73. जेम्स प्रिसेंप ने ब्राह्मी लिपि का उद्वायन कब किया?
(क) 1937 (ख) 1938
(ग) 1939 (घ) 1940

74. ब्राह्मी ओर खरोष्टी लिपि के उद्वायन के आधार पर सम्राट् अशोक का समीकरण किसके साथ किया गया?
(क) दूरदर्शी (ख) प्रियदर्शी
(ग) समदर्शी (घ) चक्रवर्ती

75. भारतीय पुरातत्त्व में कनिंघम–युग कब से कब तक माना जाता है?
(क) 1861–1902 (ख) 1902–1908
(ग) 1961–1964 (घ) 1960–70

76. कनिंघम ने बौद्ध स्थलों की खोज करने के लिए किस विदेशी यात्री के यात्रा–वृत्तांतों को अपना मार्गदर्शक बनाया था?
(क) ह्वेनसांग (ख) फाहियान
(ग) इत्सिंग (घ) मैगस्थनीज

उत्तर के लिए कृपया पृष्ठ सं. 185 देखें।

77. तत्कालीन समय में कनिंघम महोदय ने पुरातात्त्विक सर्वेक्षण करने के लिए अपनी यात्राएँ किस माध्यम से की थी?
(क) घोड़ा (ख) बैलगाड़ी
(ग) पदयात्रा (घ) उपर्युक्त सभी

78. भारतीय पुरातत्त्व सर्वेक्षण का जनक किसे कहा जाता है?
(क) कनिंघम (ख) व्हीलर
(ग) जॉन मार्शल (घ) जेम्स प्रिसेंप

79. जेम्स बर्गेस ने प्राचीन अभिलेखों को संरक्षित करने के लिए 'इंडियन ऐन्वटीक्वेरी' नामक पत्रिका का प्रकाशन कब किया गया था?
(क) 1872 (ख) 1873
(ग) 1874 (घ) 1875

80. मार्शल युग कब से कब तक माना जाता है? (भारतीय पुरातत्त्व सर्वेक्षण के संदर्भ में)
(क) 1902–44 (ख) 1902–35
(ग) 1935–45 (घ) कोई नहीं

81. भारतीय पुरातत्त्व के संदर्भ में 'व्हीलर युग' कब से कब तक माना जाता है?
(क) 1944–60 (ख) 1942–44
(ग) 1944–48 (घ) कोई नहीं

82. 'इंडियन आर्कियोलॉजिकल सोसायटी की स्थापना कब हुई थी?
(क) 1967 (ख) 1968
(ग) 1969 (घ) 1970

83. बी.बी. लाल महोदय कब से कब तक भारतीय पुरातत्त्व सर्वेक्षण के महानिदेशक रहे थे?
(क) 1968–70 (ख) 1968–72
(ग) 1972–74 (घ) 1974–76

उत्तर के लिए कृपया पृष्ठ सं. 185 देखें।

84. जल में डूबे हुए अतीत की खोज करने के लिए पुरातत्त्व की आधुनिक वैज्ञानिक शाखा को क्या कहा जाता है?
(क) Under Water Archaeology
(ख) Water Archaeology
(ग) Under Ground Archaeology
(घ) None of above

85. Under Water Archaeology के अंतर्गत सबसे प्रमुख नगर कौन सा है, जहाँ से पुरानिधियाँ प्राप्त हुई हैं?
(क) द्वारका (ख) मथुरा
(ग) सोमनाथ (घ) कोचीन

86. सैंधव घाटी सभ्यता के किस स्थल की सर्वप्रथम खुदाई होने के कारण इसको हड़प्पन सभ्यता भी कहा जाता है?
(क) मोहनजोदड़ो (ख) रोपड़
(ग) हड़प्पा (घ) कोई नहीं

87. सैंधव सभ्यता को दुनिया के सामने लाने का श्रेय किस पुरातत्त्ववेत्ता को जाता है?
(क) आर.डी. बैनर्जी (ख) दयाराम साहनी
(ग) के.एन. दीक्षित (घ) मुगल रफीक

88. हड़प्पा संस्कृति का फैलाव कितने क्षेत्र में माना जाता है?
(क) 10,800,000 वर्ग कि.मी.
(ख) 11,70,000 वर्ग कि.मी.
(ग) 12,99,600 वर्ग कि.मी.
(घ) 10,40,000 वर्ग कि.मी.

89. सैंधव सभ्यता के फैलाव का पूरा क्षेत्र किस आकार का है?
(क) त्रिभुजाकार (ख) चतुर्भुजाकार
(ग) अष्टभुजाकार (घ) आयताकार

उत्तर के लिए कृपया पृष्ठ सं. 185 देखें।

90. सुत्कागेनडोर नामक पुरास्थल कहाँ पर स्थित है?
(क) पाकिस्तान (ख) हिंदुस्तान
(ग) अफगानिस्तान (घ) कोई नहीं

91. सुत्कागेनडोर नामक पुरास्थल का उत्खनन कब और किस पुरातत्त्ववेत्ता ने कराया था?
(क) 1930 में दयाराम साहनी ने
(ख) 1932 में आर.डी. बैनर्जी ने
(ग) 1927 में ऑरेन स्टाइन ने
(घ) कोई नहीं

92. सुत्कागेनडोर पुरास्थल किस नदी के मुहाने पर स्थित है?
(क) दाश्त नदी (ख) रावी नदी
(ग) सिंधु (घ) गंगा

93. डाबरकोट तथा नाल नामक पुरास्थल किस काल से संबंधित पुरास्थल हैं?
(क) प्रागैतिहासिक काल (ख) आद्यऐतिहासिक काल
(ग) ऐतिहासिक काल (घ) कोई नहीं

94. सुत्कागोह नामक पुरास्थल की खोज कब तथा किसने की थी?
(क) 1962 में जार्ज वेल्स (ख) 1960 में जेम्स जार्ज
(ग) 1964 में जेम्स प्रिंसेप (घ) 1962 में विलियम जोंस

95. सुत्कागोह नामक पुरास्थल किस नदी के मुहाने पर स्थित है?
(क) शादीकौर नदी (ख) यमुना नदी
(ग) सतलुज नदी (घ) सिंधु नदी

96. नाल नामक पुरास्थल, जो कि ब्लूचिस्तान में स्थित है, की खोज कब तथा किसने की थी?
(क) 1923 में दयाराम साहनी
(ख) 1927 में ऑरेन स्टाइन
(ग) 1925 में एच. हारग्रीव्स
(घ) किसी ने नहीं

उत्तर के लिए कृपया पृष्ठ सं. 185 देखें।

97. उत्खनन में हड़प्पा संस्कृति के नीचे एक और सभ्यता के अवशेष मिलते हैं, उसे किस संस्कृति का नाम दिया गया है?
(क) पाषाण संस्कृति (ख) नाल संस्कृति
(ग) कोटदीजी संस्कृति (घ) झोब संस्कृति

98. कोटदीजी नामक पुरास्थल की खोज कब तथा किसने की थी?
(क) फजल अहमद ने 1955–57 में
(ख) व्हीलर ने 1944–46 में
(ग) कनिंघम ने 1962–64 में
(घ) बी.बी. लाल ने 1950–52 में

99. किस पुरास्थल से सिंधु-पूर्व सभ्यता के अवशेष मिलते हैं?
(क) आमरी (ख) कोटदीजी
(ग) नाल (घ) सभी

100. आमरी नामक पुरास्थल की खोज कब तथा किसने की थी?
(क) 1959–61 में एम. कजाक ने
(ख) 1950 में जे.एम. अकबर ने
(ग) 1960 में जेम्स डेल्स ने
(घ) कोई नहीं

101. रोपड़ नामक पुरास्थल भारत के किस राज्य में स्थित है?
(क) हरियाणा (ख) राजस्थान
(ग) उत्तर प्रदेश (घ) पंजाब

102. रोपड़ नामक पुरास्थल का उत्खनन कब तथा किसने किया था?
(क) यज्ञदत्त शर्मा ने 1953–56 में
(ख) बी.बी. लाल ने 1950–52 में
(ग) आर.एस. बिष्ट ने 1972–74 में
(घ) डॉ. रामनाथ ने 1980–84 में

103. रोपड़ उत्खनन में कितनी संस्कृतियों के अवशेष मिलते हैं?
(क) दो (ख) चार
(ग) छह (घ) आठ

उत्तर के लिए कृपया पृष्ठ सं. 185 व 186 देखें।

104. संघोल नामक पुरास्थल कहाँ पर स्थित है?
(क) पंजाब (ख) जम्मू-कश्मीर
(ग) हिमाचल (घ) हरियाणा

105. हाँसी का उत्खनन कब तथा किसने करवाया था?
(क) 2004 में डॉ. डी.वी. शर्मा ने
(ख) 1992 में आर.एस. बिष्ट ने
(ग) 1962 में डॉ. सूरजभान ने
(घ) 1999 में डॉ. अमरेंद्रनाथ ने

106. हड़प्पा तथा मोहनजोदड़ो के बाद कौन सा सैंधव स्थल सबसे बड़ा माना जाता है?
(क) राखीगढ़ी (ख) धौलावीरा
(ग) मीताथल (घ) लोथल

107. प्रमुख सैंधव स्थल राखीगढ़ी हरियाणा के किस जिले में स्थित है?
(क) रोहतक (ख) जींद
(ग) सोनीपत (घ) पानीपत

108. राखीगढ़ी का उत्खनन कब और किसने करवाया था?
(क) 1997-98 में डॉ. अमरेंद्रनाथ ने
(ख) 2001-02 मे जे.पी. जोशी ने
(ग) 1992-94 में आर.एस. बिष्ट ने
(घ) कोई नहीं

109. राखीगढ़ी का अन्वेषण किन पुराविदों ने किया था?
(क) सूरजभान तथा आचार्य भगवान देव ने
(ख) विरजानंद कुलकर्णी ने
(ग) आर.एस. बिष्ट ने
(घ) यज्ञदत्त शर्मा ने

110. बनावली (हरियाणा) किस नदी की घाटी में स्थित है?
(क) गंगा (ख) यमुना
(ग) सतलुज (घ) सरस्वती

उत्तर के लिए कृपया पृष्ठ सं. 186 देखें।

111. मीताथल नामक सैंधव पुरास्थल कहाँ पर स्थित है?
(क) पंजाब (ख) हरियाणा
(ग) हिमाचल (घ) उत्तराखंड

112. मीताथल पुरास्थल का उत्खनन कब और किसने किया था?
(क) 1970 में भगवान देव ने
(ख) 1980 में एस.आर. राव ने
(ग) 1968 में डॉ. सूरजभान ने
(घ) उपर्युक्त कोई नहीं

113. लोथल नामक पुरास्थल भारत के किस राज्य में स्थित है?
(क) गुजरात (ख) महाराष्ट्र
(ग) उत्तर प्रदेश (घ) हिमाचल

114. गुजरात में स्थित लोथल नामक पुरास्थल किस नदी के तट पर स्थित है?
(क) भोगवा (ख) नर्मदा
(ग) ताप्ती (घ) यमुना

115. लोथल का उत्खनन कब और किस पुरातत्त्ववेत्ता द्वारा किया गया था?
(क) डॉ. एस.आर. राव ने 1964 में
(ख) डॉ. बी.आर. मणि ने 1968 में
(ग) डॉ. बी.बी. लाल ने 1970 में
(घ) उपर्युक्त कोई नहीं

116. धौलावीरा नामक पुरास्थल का उत्खनन कब तथा किसने किया था?
(क) आर.एस. बिष्ट 1990
(ख) के.एन. दीक्षित 1970
(ग) बी.के. थापर 1980
(घ) बी.बी. लाल 1985

उत्तर के लिए कृपया पृष्ठ सं. 186 देखें।

117. कालीबंगा नामक पुरास्थल का उत्खनन कब तथा किसने किया था?
   (क) 1961 में बी.बी. लाल तथा बी.के. थापर ने
   (ख) 1962 में डॉ. यज्ञदत्त शर्मा ने
   (ग) 1968 में डॉ. सूरजभान ने
   (घ) उपर्युक्त कोई नहीं

118. आलमगीर नामक पुरास्थल कहाँ पर स्थित है?
   (क) उत्तर प्रदेश (ख) महाराष्ट्र
   (ग) गुजरात (घ) कर्नाटक

119. मांडा नामक पुरास्थल कहाँ पर स्थित है?
   (क) जम्मू-कश्मीर (ख) बिहार
   (ग) उत्तराखंड (घ) गोवा

120. भारत की प्रथम नगरीय सभ्यता कौन सी मानी जाती है?
   (क) पाषाणयुगीन सभ्यता
   (ख) सैंधव सभ्यता
   (ग) आर्य सभ्यता
   (घ) कोई नहीं

121. सैंधव सभ्यता के पतन के बाद और छठी सदी ई.पू. के बीच के समय की जानकारी का मुख्य स्रोत क्या है?
   (क) ओसीपी संस्कृति
   (ख) पीजीडब्ल्यू संस्कृति
   (ग) एनबीपीडब्ल्यू संस्कृति
   (घ) इनमें से कोई नहीं

122. पुरातत्त्व के संदर्भ में PGW (Painted Grey ware Culture) किस प्रकार की संस्कृति मानी जाती है?
   (क) शहरी संस्कृति (ख) ग्रामीण संस्कृति
   (ग) अर्द्धशहरी संस्कृति (घ) उपर्युक्त कोई नहीं

उत्तर के लिए कृपया पृष्ठ सं. 186 देखें।

123. चित्रित धूसर पात्र-परंपरा संस्कृति (PGW Culture) की जानकारी कब और कहाँ से हुई थी?

(क) 1940-44 में अहिच्छत्र की खुदाई से।
(ख) 1945-46 में रामनगर की खुदाई से।
(ग) 1949-50 में अंबखेड़ी की खुदाई से।
(घ) उपर्युक्त कोई नहीं।

124. किन-किन पुरास्थलों की खुदाई से हमें PGW Culture के बारे में जानकारी प्राप्त होती है?

(क) हस्तिनापुर, कौशाम्बी, मथुरा
(ख) अहिच्छत्र, भगवानपुरा, श्राबस्ती
(ग) तिलपत, इंद्रप्रस्थ, अतरंजीखेड़ा
(घ) उपर्युक्त सभी

125. चित्रित धूसर पात्र परंपरा के मृदभांड किस प्रकार के होते हैं?

(क) धूसर अथवा सलेटी रंग के
(ख) काले रंग के
(ग) काले तथा लाल रंग के
(घ) लाल, काले तथा भूरे रंग के

126. पीजीडब्ल्यू संस्कृति के मृदभांड मुख्यत: किससे संबंधित माने जाते हैं?

(क) भोजनालय से संबंधित (ख) मृतक संस्कार से संबंधित
(ग) पूजा-पाठ से संबंधित (घ) उपर्युक्त कोई नहीं

127. Painted grey ware culture किससे संबंधित मानी गई है?

(क) लौह काल (ख) कांस्य काल
(ग) ताम्र काल (घ) बौद्ध काल

128. पुरातत्त्व से संबंधित प्रसिद्ध पुस्तक 'Early India and Pakistan' किसने लिखी है?

(क) मार्टीमर व्हीलर (ख) जॉन मार्शल
(ग) विलियम जोंस (घ) कनिंघम

उत्तर के लिए कृपया पृष्ठ सं. 186 देखें।

129. बी.बी. लाल महोदय के अनुसार हस्तिनापुर में PGW Culture (Painted grey ware culture) का अंत किस प्रकार हुआ?

(क) गंगा नदी की बाढ़ से

(ख) आगजनी से

(ग) सूखा से

(घ) अन्य प्राकृतिक आपदा से

130. बी.बी. लाल महोदय ने पीजीडब्ल्यू पात्र-परंपरा का संबंध किन लोगों से जोड़ा है?

(क) आर्य लोगों से

(ख) सैंधव लोगों से

(ग) पाषाणकालीन लोगों से

(घ) उपर्युक्त कोई नहीं

131. पुरातत्त्ववेत्ताओं द्वारा Painted Grey ware culture का समय कब से कब तक माना गया है?

(क) 5000 ई.पू. से 2500 ई.पू.

(ख) 2500 ई.पू. से 1500 ई.पू.

(ग) 1000 ई.पू. से 600 ई.पू.

(घ) 600 ई.पू. के बाद

132. हस्तिनापुर के उत्खनन से श्री बी.बी. लाल महोदय को पीजीडब्ल्यू पात्र-परंपरा के साथ किस पशु की हड्डियाँ मिली हैं?

(क) घोड़े की (ख) गाय की

(ग) हिरण की (घ) हाथी की

133. घोड़े को किन लोगों का प्रमुख पशु माना गया है?

(क) आर्यों का

(ख) सैंधवों का

(ग) पाषाणयुगीन लोगों का

(घ) किसी का नहीं

उत्तर के लिए कृपया पृष्ठ सं. 186 देखें।

134. हरियाणा में किस पुरास्थल को Painted grey ware culture से संबंधित माना जाता है?

(क) मीताथल (भिवानी) (ख) राखीगढ़ी (जींद)

(ग) भगवानपुरा (कुरुक्षेत्र) (घ) बणावली (हिसार)

135. परवर्ती हड़प्पा संस्कृति और चित्रित धूसर पात्र-परंपरा के बीच समय के अंतराल नहीं होने की सूचना कहाँ से मिलती है?

(क) भगवानपुरा (ख) कुणाल

(ग) मीताथल (घ) राखीगढ़ी

136. मृतकों के अंतिम संस्कार की शुरुआत किस मानव द्वारा की गई मानी जाती है?

(क) प्रोटोआस्ट्रोलायड (ख) निअंडरथल

(ग) जावा मानव (घ) पीकिंग मानव

137. किन सभ्यताओं के लोग अपने राजा-रानियों के साथ उनके रथ, बैल, पशु, सेवक आदि को भी दफनाते थे, यानी कि किन सभ्यताओं की राजकीय समाधियाँ मिली हैं?

(क) मिस्र-मेसोपोटामिया (ख) चीनी सभ्यता

(ग) सैंधव सभ्यता (घ) माया सभ्यता

138. मैगालिथ (जो कि अनगढ़ पाषाणखंडों के वे स्मारक थे, जो मृतकों के स्मारक माने जाते थे) शब्द का प्रयोग सबसे पहले किस पुरातत्त्वविद् द्वारा किया गया?

(क) मार्टीमर व्हीलर (ख) जॉन मार्शल

(ग) कनिंघम (घ) जेम्स प्रिसेंप

139. 1947 में ब्रह्मगिरि का उत्खनन किस पुरातत्त्वविद् द्वारा करवाया गया था?

(क) मार्टीमर व्हीलर (ख) मार्शल

(ग) के.एन. दीक्षित (घ) बी.बी. लाल

उत्तर के लिए कृपया पृष्ठ सं. 186 देखें।

140. एनबीपीडब्ल्यू पात्र-परंपरा से क्या अभिप्राय है?
(क) उत्तरी काली चमकीली मृदभांड परंपरा
(ख) चित्रित धूसर पात्र परंपरा
(ग) लाल एवं काली पात्र परंपरा
(घ) उपर्युक्त सभी

141. एनबीपीडब्ल्यू पात्र-परंपरा के मृदभांड सर्वप्रथम कहाँ से मिले थे?
(क) तक्षशिला के भीर टीले से
(ख) तक्षशिला के सिरकप टीले से
(ग) तक्षशिला के सिरसुख टीले से
(घ) उपर्युक्त कोई नहीं

142. एनबीपीडब्ल्यू पात्र-परंपरा को यह नाम सर्वप्रथम किसने दिया था?
(क) जॉन मार्शल ने (ख) विलियम जोंस ने
(ग) हीरानंद शास्त्री (घ) कोई नहीं

143. भारतीय इतिहास में द्वितीय नगरीय क्रांति का आरंभ किस पात्र-परंपरा से माना जाता है?
(क) पीजीडब्ल्यू पात्र-परंपरा
(ख) एनबीपीडब्ल्यू पात्र-परंपरा
(ग) लाल और काला पात्र-परंपरा
(घ) कोई नहीं

144. उत्खनन में एनबीपीडब्ल्यू पात्र-परंपरा के स्तरों से किस धातु की प्रचुरता के संकेत मिलते हैं?
(क) लोहा (ख) सोना
(ग) चाँदी (घ) ताँबा

145. एनबीपीडब्ल्यू संस्कृति में किस वस्तु का प्रचलन सर्वप्रथम माना जाता है?
(क) सिक्के (ख) अभिलेख
(ग) मूर्तियाँ (घ) मनके

उत्तर के लिए कृपया पृष्ठ सं. 186 देखें।

146. प्राचीन भारत और रोम के बीच सांस्कृतिक संपर्क के विषय में पुरातात्त्विक स्रोत कहाँ से मिलते हैं?

(क) मथुरा (ख) कांची

(ग) अरिकामेडू (घ) द्वारका

147. द्वितीय सदी ई.पू. की हाथी दाँत की लक्ष्मी की मूर्ति रोमन साम्राज्य के किस नगर से मिली है?

(क) पोम्पेर (ख) वेनिस

(ग) इटली (घ) रोम

148. ईसा की आरंभिक शताब्दियों में भारत और रोम के बीच सांस्कृतिक संबंधों की जानकारी हमें किन-किन साधनों से मिलती है?

(क) साहित्यिक स्रोत

(ख) पुरातात्त्विक स्रोत

(ग) विदेशी यात्रियों के यात्रा-वृत्तांत

(घ) उपर्युक्त सभी

149. प्रथम शताब्दी में भारत से रोम को निर्यात की जानेवाली कौन सी वस्तुओं के पुरातात्त्विक प्रमाण मिलते हैं?

(क) रेशमी-सूती वस्त्र

(ख) मणि-माणिक्य

(ग) हाथी दाँत से बनी वस्तुएँ

(घ) उपर्युक्त सभी

150. अरिकामेड्डु के उत्खनन से मिले सिक्कों पर किस रोमन शासक के चित्र मिलते हैं?

(क) जूलियस सीजर (ख) आगॅस्टस

(ग) नीरो (घ) कोई नहीं

151. अरिकामेड्डु नामक पुरास्थल किस केंद्र-शासित प्रदेश में स्थित है?

(क) पांडिचेरी (ख) दादर एवं नगर हवेली

(ग) अंडमान एवं निकोबार (घ) दिल्ली

उत्तर के लिए कृपया पृष्ठ सं. 186 देखें।

152. रोमन साम्राज्य से भारत को आयात होनेवाली कौन सी वस्तुओं के पुरातात्त्विक प्रमाण मिलते हैं?
(क) स्वर्ण तथा रजत मुद्राएँ
(ख) शराब, सुरमा, इत्र, कपड़े
(ग) मृदभांड (एम्फोरे)
(घ) उपर्युक्त सभी

153. अरिकामेड्डु का उत्खनन कब तथा किसने कराया था?
(क) 1930 में जॉन मार्शल ने
(ख) 1945 में मार्टीमर व्हीलर ने
(ग) 1960 में बी.बी. लाल ने
(घ) 1964 में एस.आर. राव ने

154. प्रथम सदी में भारत-रोम सांस्कृतिक संबंधों की पुष्टि एक अन्य पुरास्थल के उत्खनन में मिली पुरातात्त्विक सामग्री से भी होती है। वह कौन सा पुरास्थल है?
(क) तक्षशिला
(ख) सिंध
(ग) मुल्तान
(घ) पंजाब

155. अरिकामेड्डु नामक पुरास्थल का नाम यूनानी लेखकों ने अपने लेखों में क्या लिखा है?
(क) पांडिचेरी (ख) पोडुके
(ग) पुहार (घ) पाणि

156. अरिकामेड्डु के उत्खनन से किस प्रकार के मृदभांड मिलते हैं?
(क) एरेटाईन मृदभांड
(ख) रौलेटेड मृदभांड
(ग) एंफोरे मृदभांड
(घ) उपर्युक्त सभी

उत्तर के लिए कृपया पृष्ठ सं. 186 व 187 देखें।

157. एरेटाईन मृदभांड (जोकि प्रथम सदी में इटली के अरेटियम नामक स्थान पर बनाया जाता था) किस प्रकार के होते थे?
(क) लाल कांचित मृदभांड (Red Glazed ware)
(ख) काली कांचित मृदभांड (Black Glazed ware)
(ग) लाल एवं काली कांचित मृदभांड (Red and Black Glazed ware)
(घ) उपर्युक्त कोई नहीं।

158. प्रथम सदी में भारतीय लोग रोमन मदिरा में काफी दिलचस्पी रखते थे, इस बात को पुख्ता करने के लिए अरिकामेड्डु से किस प्रकार के मृदभांड मिलते हैं?
(क) एंफोरे (Two handled Jar)
(ख) रौलेटेड (Four handled Jar)
(ग) चक्रांकित (Round Jar)
(घ) कोई नहीं

159. अरिकामेड्डु के उत्खनन से कौन सी पुरातात्त्विक सामग्री मिली है?
(क) रोमन मिट्टी के दीप
(ख) रोमन सिक्के
(ग) काँच के कटोरे, रत्न मनके
(घ) उपर्युक्त सभी

160. किस पुरास्थल से मिली पुरातात्त्विक सामग्री के आधार पर कहा जा सकता है कि यह स्थान भारत और रोम के बीच प्रमुख व्यापारिक स्थल था?
(क) अरिकामेड्डु
(ख) तक्षशिला
(ग) बहरीन
(घ) ईरान

उत्तर के लिए कृपया पृष्ठ सं. 187 देखें।

161. चीनी रेशम प्राप्त करने के लिए रोमन और चीनी व्यापार किस मार्ग से होता था?

(क) रेशम मार्ग (ख) स्थल मार्ग

(ग) जल मार्ग (घ) वायु मार्ग

162. विभिन्न पुरास्थलों से मिली पुरातात्त्विक सामग्री के आधार पर पता चलता है कि भारत-रोमन व्यापार संतुलन किसके पक्ष में था?

(क) भारत के पक्ष में (ख) रोम के पक्ष में

(ग) दोनों के पक्ष में (घ) कोई नहीं

163. दूसरी सदी ई. के बाद भारत और रोमन व्यापारिक संबधों की समाप्ति हो जाती है। इसके प्रमुख कारण क्या थे?

(क) रोमन साम्राज्य की आंतरिक समस्याएँ।

(ख) भारत में शांति का दौर समाप्त।

(ग) रेशम मार्ग में कठिनाइयाँ।

(घ) उपर्युक्त सभी।

164. ब्रह्मगिरि नामक पुरास्थल कहाँ पर स्थित है?

(क) महाराष्ट्र (ख) तमिलनाडु

(ग) कर्नाटक (घ) गोवा

165. ब्रह्मगिरि का उत्खनन कब तथा किसने करवाया था?

(क) 1947 में मार्टीमर व्हीलर

(ख) 1924 में जॉन मार्शल

(ग) 1931 में मजुमदार

(घ) कोई नहीं

166. ब्रह्मगिरि के उत्खनन से कौन सी संस्कृतियों के साक्ष्य मिलते हैं?

(क) नवपाषाणिक संस्कृति

(ख) वृहत् पाषाणिक संस्कृति

(ग) आंध्र सातवाहन संस्कृति

(घ) उपर्युक्त सभी

उत्तर के लिए कृपया पृष्ठ सं. 187 देखें।

167. कोलडिहवा नामक पुरास्थल कहाँ पर स्थित है?
(क) उत्तर प्रदेश के इलाहाबाद जिले में
(ख) पंजाब के रोपड़ जिले में
(ग) हरियाणा के हिसार जिले में
(घ) उपर्युक्त कोई नहीं

168. कोलडिहवा पुरास्थल का उत्खनन किसने करवाया था?
(क) इलाहाबाद विश्वविद्यालय ने
(ख) कुरुक्षेत्र विश्वविद्यालय ने
(ग) पंजाब विश्वविद्यालय ने
(घ) पटियाला विश्वविद्यालय ने

169. कोलडिहवा के उत्खनन से किन-किन संस्कृतियों के पुरातात्त्विक प्रमाण मिलते हैं?
(क) नवपाषाणिक संस्कृति (ख) ताम्रपाषाणिक संस्कृति
(ग) लौहकालीन संस्कृति (घ) उपर्युक्त सभी

170. आर.-37 समाधि (Cemetry R-37) किस पुरास्थल से प्राप्त हुई है?
(क) हड़प्पा (ख) मोहनजोदड़ो
(ग) कालीबंगा (घ) चन्हुदड़ों

171. कब्रिस्तान आर.-37 का उत्खनन 1946 में व्हीलर ने कराया था। उत्खनन में कितनी कब्रें मिली हैं?
(क) 57 कब्रें (ख) 58 कब्रें
(ग) 70 कब्रें (घ) 75 कब्रें

172. लगभग सभी सैंधव पुरास्थलों से शव प्राय: किस दिशा में दफनाए गए मिलते हैं?
(क) उत्तर-दक्षिण दिशा (ख) पूर्व-पश्चिम दिशा
(ग) शव जलाए गए हैं (घ) उपर्युक्त कोई नहीं

उत्तर के लिए कृपया पृष्ठ सं. 187 देखें।

173. एक पुरास्थल के उत्खनन से एक मकान में फर्श पर वृत्ताकार डिजाइन मिलता है। वह कौन सा पुरास्थल था?

(क) राखीगढ़ी (ख) आलमगीरपुर

(ग) रोपड़ (घ) कालीबंगा

174. लोथल (गुजरात) किस खाड़ी में स्थित है?

(क) खंभात की खाड़ी (ख) बंगाल की खाड़ी

(ग) अरब की खाड़ी (घ) कोई नहीं

175. हस्तिनापुर (जिसको पांडवों की राजधानी माना जाता है) किस राज्य में स्थित है?

(क) उत्तर प्रदेश (ख) बिहार

(ग) बगांल (घ) मध्य प्रदेश

176. महाभारत ग्रंथ के अनुसार हस्तिनापुर को किस प्राचीन राजवंश की राजधानी माना गया है?

(क) कुरु राजवंश (ख) मौर्य राजवंश

(ग) गुप्त राजवंश (घ) कोई नहीं

177. उत्खनन में हस्तिनापुर पुरास्थल के कितने सांस्कृतिक काल प्रकाश में आए हैं?

(क) दो (ख) चार

(ग) पाँच (घ) छह

178. हस्तिनापुर के उत्खनन में कौन-कौन से पाँच सांस्कृतिक काल मिलते हैं?

(क) पूर्व मध्यकाल

(ख) शुंग कुषाण काल

(ग) NBPW

(घ) PGW (Painted grey ware)

(ङ) OCP (Ochered collered Pattery)

(च) उपर्युक्त सभी

उत्तर के लिए कृपया पृष्ठ सं. 187 देखें।

179. हस्तिनापुर के उत्खनन में पूर्व मध्यकालवालें स्तर से क्या-क्या सामग्री प्राप्त हुई है?

(क) कांचित मृदभांड

(ख) लखौरी ईंटें तथा दिल्ली सल्तनत के शासक (1266-1287) का एक चाँदी का सिक्का

(ग) पार्वती की प्रस्तर प्रतिमा

(घ) उपर्युक्त सभी

180. अंतरजीखेड़ा नामक पुरास्थल कहाँ पर स्थित है?

(क) मध्य प्रदेश (ख) उत्तर प्रदेश

(ग) हिमाचल प्रदेश (घ) गोवा

181. अंतरजीखेड़ा नामक टीले की खोज कब तथा किसने की थी?

(क) कनिंघम ने 1861-62 (ख) जॉन मार्शल ने 1922-23

(ग) व्हीलर ने 1942-44 (घ) बी.बी. लाल ने 1960-62

182. अंतरजीखेड़ा के उत्खनन से कितने सांस्कृतिक कालों के प्रमाण मिलते हैं?

(क) दो (ख) तीन

(ग) पाँच (घ) सात

183. घोषिताराम बिहार क्षेत्र किस पुरास्थल के उत्खनन में मिला है?

(क) कौशांबी (ख) अंतरजीखेड़ा

(ग) कुणाल (घ) कोलडिहवा

184. निम्नलिखित कौन सा पुरास्थल पाकिस्तान में स्थित है?

(क) तक्षशिला (ख) कौशाम्बी

(ग) रोपड़ (घ) मीताथल

185. छठी सदी ई.पू. में तक्षशिला किस महाजनपद की राजधानी थी?

(क) गांधार (ख) कुरु

(ग) वत्स (घ) मथुरा

उत्तर के लिए कृपया पृष्ठ सं. 187 देखें।

186. पुरातात्त्विक उत्खनन में 'धर्म-रजिका स्तूप' तक्षशिला के किस टीले से प्राप्त हुआ है?

(क) सिरकप टीला (ख) भीर टीला

(ग) सिरसुख टीला (घ) उपर्युक्त कोई नहीं

187. शृंगवेरपुर नामक पुरास्थल का उत्खनन कब तथा किसने किया था?

(क) बी.बी. लाल तथा के.एन. दीक्षित ने 1977–86 में

(ख) आर.एस. बिष्ट ने 1972–74 में

(ग) डॉ. सूरजभान ने 1962–64 में

(घ) डॉ. यज्ञदत्त शर्मा ने 1955–58 में

188. 1950 में प्रकाशित 'Pre Historical India' पुस्तक में पिग्गट महोदय ने ताम्रनिधियों का संबंध किन लोगो से जोड़ा है?

(क) सैंधव लोगों से (ख) आर्य लोगों से

(ग) पाषाण काल से (घ) उपर्युक्त कोई नहीं

189. अब तक ताम्रनिधियाँ गंगा-यमुना दोआब के किन-किन स्थानों से प्राप्त हुई हैं?

(क) राजपुर परशु (बिजनौर) बिठूर

(ख) परियर (उन्नाव) बिसौली (बदायूँ)

(ग) मानपुर (बुलंदशहर) बहादराबाद (सहारनपुर) सेफई (इटावा)

(घ) उपर्युक्त सभी जगह

190. ताम्रनिधियों में जो उपकरण मिले हैं, वे कौन-कौन से हैं?

(क) चिमटी कुल्हाड़ियाँ, स्कंधित कुल्हाड़ी, दुधारी कुल्हाड़ी

(ख) खेती, परशु, कड़े, छल्ले, मत्स्य भाले

(ग) काँटेदार तलवार, शृमिका, मानवाकृति

(घ) उपर्युक्त सभी

191. उत्खननों में ताम्रनिधियों के साथ कौन से मृदभांड मिले हैं?

(क) OCP (ख) PGW

(ग) NBPG (घ) Red ware

उत्तर के लिए कृपया पृष्ठ सं. 187 देखें।

192. ओसीपी गैरिक मृदभांड सर्वप्रथम कब और कहाँ से मिले थे?
(क) 1949 में बी.बी. लाल को बिसौली और राजपुर परशु के उत्खनन से
(ख) 1946 में हाईन गेल्दर्न को अंतरजीखेड़ा से
(ग) 1916 में हीरानंद शास्त्री को मेरठ से
(घ) उपर्युक्त कोई नहीं

193. हस्तिनापुर का उत्खनन कब तथा किसने किया?
(क) 1950-52 में बी.बी. लाल ने
(ख) 1964-65 में आर.एस. राव ने
(ग) 1973-74 में आर.एस. बिष्ट ने
(घ) कोई नहीं

194. कौन सी पात्र-परंपरा ऊपरी गंगा घाटी ग्राम्य जीवन का प्रथम उदाहरण प्रस्तुत करती है?
(क) पीजीडब्ल्यू पात्र-परंपरा
(ख) ओसीपी पात्र-परंपरा
(ग) एनबीपीडब्ल्यू पात्र-परंपरा
(घ) लाल और काला पात्र-परंपरा

195. प्राक् सैंधव काल की सबसे प्राचीन ग्रामीण बस्तियाँ किन क्षेत्रों में विकसित हुई थीं?
(क) अफगानिस्तान
(ख) पाकिस्तान
(ग) ब्लूचिस्तान
(घ) उपर्युक्त सभी

196. सातवीं सदी ई.पू. सर्वप्रथम कृषि कार्य करने की परंपरा कहाँ पर शुरू हुई थी?
(क) मेहरगढ़ (ख) किलेगुल मुहम्मद
(ग) कुल्ली (घ) नाल

उत्तर के लिए कृपया पृष्ठ सं. 187 देखें।

197. सैंधव लोग नाग पूजा करते थे, विभिन्न पुरास्थलों से प्राप्त किन साक्ष्यों के आधार पर यह बात प्रमाणित होती है?

(क) मुद्राओं पर नाम के चित्र

(ख) मृदभांडों पर साँपों का अंकन

(ग) ताबीजों पर नागों का अंकन

(घ) उपर्युक्त सभी

198. विभिन्न उत्खननों से प्राप्त सैंधव मुहरों एवं मृदभांडों पर वृक्षों के अंकन से पता चलता है कि वे लोग वृक्षों की पूजा भी करते थे। सैंधव लोग किन-किन वृक्षों की पूजा करते थे?

(क) पीपल (ख) नीम

(ग) खजूर एवं बबूल (घ) उपर्युक्त सभी

199. लगभग सभी पुरातात्त्विक पुरास्थलों के उत्खननों से प्राप्त साक्ष्यों से सैंधव लोगों के धार्मिक जीवन का पता चलता है। वे लोग किन-किन की पूजा किया करते थे?

(क) पशुपति शिव एवं मातृदेवी पूजा

(ख) जल पूजा एवं वृक्ष पूजा

(ग) पशु पूजा एवं नाग पूजा

(घ) उपर्युक्त सभी

200. सैंधव लोगों में योग-परंपरा भी प्रचलित थी। इस बात की पुष्टि के पुरातात्त्विक प्रमाण किस पुरास्थल से प्राप्त हुए हैं?

(क) मोहनजोदड़ो से (ख) हड़प्पा से

(ग) कालीबंगा से (घ) राखीगढ़ी से

201. सैंधव लोगों में यज्ञ, पूजा एवं अग्नि-पूजा का भी प्रचलन था। किन-किन पुरास्थलों से प्राप्त सामग्री से यह बात प्रमाणित होती है?

(क) कालीबंगा (ख) लोथल

(ग) बनावली (घ) उपर्युक्त सभी

उत्तर के लिए कृपया पृष्ठ सं. 187 देखें।

202. सैंधव लोगों में अंत्येष्टि संस्कार की कौन-कौन सी विधियाँ प्रचलित थीं?

(क) पूर्ण समाधि (ख) अर्द्धसमाधि

(ग) दाहकर्म (घ) उपर्युक्त सभी

203. किस सैंधव पुरास्थल से एक कब्र में मालिक के साथ कुत्ते को भी दफनाए जाने के प्रमाण मिलते हैं?

(क) बुर्जहोम (ख) नाल

(ग) मेहरगढ़ (घ) कोई नहीं

204. मोहनजोदड़ो नामक पुरास्थल से मानव कंकाल अस्त-व्यस्त दशा में बिना अंतिम संस्कार किए हुए इधर-उधर बिखरे मिलते हैं तथा उन पर चोटों के निशान भी हैं। मार्टीमर व्हीलर ने इनको देखकर क्या मत व्यक्त किया है?

(क) ये लोग किसी बाह्य आक्रमण के शिकार हो गए थे।

(ख) ये लोग किसी महामारी की चपेट में आ गए थे।

(ग) ये बाढ़ में बह गए थे।

(घ) ये लोग आपसी रंजिश का शिकार हो गए थे।

205. सैंधव सभ्यता के अंतिम चरण में भारत पर आर्यों ने आक्रमण कर दिया था। ये विचार किस पुरातत्त्वविद् ने व्यक्त किए हैं?

(क) मार्टीमर व्हीलर (ख) जॉन मार्शल

(ग) एम. मजूमदार (घ) उपर्युक्त कोई नहीं

206. सैंधव सभ्यता के उद्‌भव के बारे में किन-किन विद्वानों ने माना है कि यह सभ्यता स्थानीय ग्रामीण सभ्यताओं से ही विकसित हुई थी?

(क) रफीक मुगल

(ख) स्टुअर्ट पिग्गल, आल्चिन दंपती

(ग) फेयर सर्विस, जार्ज देल्स

(घ) उपर्युक्त सभी

उत्तर के लिए कृपया पृष्ठ सं. 187 देखें।

207. पुरातत्त्ववेत्ताओं द्वारा स्वीकार किए गए कौन-कौन से कारण सैंधव सभ्यता के पतन के लिए उत्तरदायी थे?
(क) जलवायु परिवर्तन, बाह्य आक्रमण
(ख) बाढ़ और महामारी
(ग) भूतात्त्विक परिवर्तन
(घ) उपर्युक्त सभी

208. निम्नलिखित कौन से पुरातत्त्ववेत्ता यह मानते हैं कि सैंधव सभ्यता का अंत नहीं हुआ था, बल्कि यह सभ्यता निरंतर बनी रही थी?
(क) बी.बी. लाल (ख) मार्टीमर व्हीलर
(ग) के.ए.एन. दीक्षित (घ) रंगनाथ राव

209. नव-पाषाण काल में हुए कुछ क्रांतिकारी परिवर्तनों के आधार पर किस पुरातत्त्ववेत्ता ने इसे 'नव-पाषाणकालीन क्रांति' (Neolithic Revolution) का नाम दिया है?
(क) डी. देल्स (ख) गार्डन चाईल्ड
(ग) पिटरसन (घ) लुब्बक

210. लगभग सभी पाषाणकालीन पुरास्थलों के उत्खनन से कौन सा पाषाणिक उपकरण सब से ज्यादा मात्रा में मिलता है?
(क) कुल्हाड़ी (ख) बसूले एवं छैनी
(ग) हथौड़े एवं गैती (घ) रुखानियाँ

211. जम्मू-कश्मीर क्षेत्र में कौन-कौन से नव-पाषाणकालीन पुरास्थल स्थित हैं?
(क) बुर्जहोम (ख) गुफकराल
(ग) मार्तंड (घ) उपर्युक्त सभी

212. बुर्जहोम का उत्खनन कब तथा किसने किया था?
(क) टी.एन. खजांची ने 1960-64 में
(ख) द तेरा तथा पीटरसन ने 1930-35 में
(ग) गार्डन चाईल्ड ने 1920-24 में
(घ) उपर्युक्त कोई नहीं

उत्तर के लिए कृपया पृष्ठ सं. 187 देखें।

213. उत्खनन में जमीन के अंदर गोल तथा अंडाकार गड्ढे खोदकर उनमें मानव द्वारा निवास करने के प्रमाण किस पुरास्थल से मिले हैं?

(क) बुर्जहोम (ख) किले गुल मुहम्मद

(ग) मेहरगढ़ (घ) मार्तंड

214. बुर्जहोम तथा गुफकराल पुरास्थलों के उत्खननों से किन-किन वस्तुओं की प्राप्ति हुई है?

(क) चूल्हे (ख) सिल-लोढ़े

(ग) मिट्टी के बर्तन (घ) उपर्युक्त सभी

215. किन पुरास्थलों के उत्खनन से यह बात प्रमाणित होती है कि नव-पाषाणकालीन संस्कृति के लोग बाँस-बल्ली आदि से निर्मित गोलाकार अथवा अंडाकार झोंपड़ियों में रहते थे?

(क) ब्रह्मगिरि (ख) मास्की

(ग) पिकलीहल (घ) उपर्युक्त सभी

216. नव-पाषाणकालीन मनुष्य अपने औजार-उपकरण बनाने के लिए किस पाषाण का प्रयोग करता था?

(क) चर्ट, चाल्सीडनी (ख) क्वार्टज

(ग) जैस्पर, अगेट (घ) उपर्युक्त सभी

217. विभिन्न पुरास्थलों के उत्खनन से प्राप्त पुरावशेषों के आधार पर नव-पाषाणकालीन मानव द्वारा किन-किन फसलों की खेती करने के प्रमाण मिलते हैं?

(क) गेहूँ-जौ (ख) चना-मूँग

(ग) कुलथी-रागी (घ) उपर्युक्त सभी

218. नव-पाषाणकालीन मानव द्वारा कौन-कौन से पशुओं को पालतू बनाए जाने के प्रमाण मिलते हैं?

(क) गाय-बैल (ख) भेड़-बकरी

(ग) कुत्ता-सुअर (घ) उपर्युक्त सभी

उत्तर के लिए कृपया पृष्ठ सं. 188 देखें।

219. मानवाकृत पुरावशेषों को तकनीकी आधार पर कौन-कौन से तीन कालों में विभाजित किया गया है?

(क) पाषाण काल (ख) ताम्रपाषाणिक काल

(ग) लौह काल (घ) उपर्युक्त सभी

220. पुरापाषाण काल लाखों वर्षों तक चला था। इसलिए तकनीकी आधार पर और अध्ययन की सुविधा की दृष्टि से इसे कौन-कौन से तीन उपकालों में विभाजित किया गया है?

(क) आरंभिक पाषाण काल (Early Stone Age)

(ख) मध्य पाषाण काल (Middle Stone Age)

(ग) उत्तर पाषाण काल (Late Stone Age)

(घ) उपर्युक्त सभी (All of Above)

221. पुरातत्त्ववेताओं ने साक्ष्यों के आधार पर नव-पाषाणकाल की अवधि कितनी मानी है?

(क) करोड़ों वर्ष

(ख) लाखों वर्ष

(ग) 20 लाख से 10,000 वर्ष

(घ) 10,000 से 3,000 ई.पू.

222. विश्व के सबसे प्राचीन मानवाकृत पाषाण कौन-से माने जाते हैं?

(क) ओल्डवई पेबल उपकरण

(ख) चॉपर-चापिंग

(ग) कुल्हाड़ी एवं पशु

(घ) कोई नहीं

223. ओल्डवई पेबल उपकरण किस स्थान से प्राप्त हुए हैं?

(क) ओल्डवई जार्ज (तंजानिया)

(ख) बोरोबुदूट (कंबोडिया)

(ग) हीडलबर्ग (जर्मनी)

(घ) उपर्युक्त कोई नहीं

उत्तर के लिए कृपया पृष्ठ सं. 188 देखें।

224. भारत में प्रागैतिहासिक काल के अध्ययन का श्रेय किन पुरातत्त्वविदों को जाता है?
(क) अंग्रेज पुरातत्त्वविद् (ख) चीनी पुरातत्त्वविद्
(ग) भारतीय पुरातत्त्वविद् (घ) मुस्लिम पुरातत्त्वविद्

225. 1935 में द तेरा (De-Terra) एवं टी-पीटरसन (T-Peterson) के नेतृत्व में येल-कैंब्रिज अभियान दल ने कौन सी नदी घाटियों का विस्तृत सर्वेक्षण किया था?
(क) शिवालिक (ख) बोलन
(ग) सोहन (घ) उपर्युक्त सभी

226. बंगाल के बर्दवान जिले में स्थित पाषाणकालीन पुरास्थल बीरभानपुर का उत्खनन कब तथा किसने करवाया था?
(क) 1954 में बी.बी. लाल ने
(ख) 1964 में जे.पी. जोशी ने
(ग) 1966 में के.एन. दीक्षित ने
(घ) उपर्युक्त कोई नहीं

227. भीमबैटका नामक पुरास्थल भारत के किस राज्य में स्थित है?
(क) आंध्र प्रदेश (ख) मध्य प्रदेश
(ग) उत्तर प्रदेश (घ) तमिलनाडु

228. पुरातात्त्विक दृष्टि से भीमबैटका नामक पुरास्थल क्यों महत्त्वपूर्ण माना जाता है?
(क) मध्य पाषाणिक चित्रकला के कारण
(ख) सैंधव स्थल होने के कारण
(ग) व्यापारिक नगर होने के कारण
(घ) ताम्रनिधियाँ मिलने के कारण

229. भीमबैटका की पहाड़ियों में गुफाओं एवं शिलाश्रयों को खोज निकालने का श्रेय किस व्यक्ति को ज़ाता है?
(क) बी.एस. वाकणकर (ख) मुगल रफीक
(ग) बी.बी. लाल (घ) आर.सी. मजूमदार

उत्तर के लिए कृपया पृष्ठ सं. 188 देखें।

230. भीमबैठका (मध्य प्रदेश) नामक पुरास्थल को किस वर्ष खोजा गया था?

(क) 1958 (ख) 1960

(ग) 1961 (घ) 1962

231. पाषाणकाल से संबंधित प्रसिद्ध पुस्तक 'Pre-history and Proto-history in India and Pakistan' किस विद्वान् द्वारा लिखी गई है?

(क) एच.डी. सांकलियाँ (ख) द् तेरा और टी.-पीटरसन

(ग) एस.आर. राव (घ) गार्डन चाईल्ड

232. भीमबैटका की गुफाओं से प्राप्त पाषाणकालीन चित्रों का आधार क्या है?

(क) प्राकृतिक चित्र

(ख) शिकार से संबंधित चित्र

(ग) नृत्य एवं गायन के चित्र

(घ) देवी-देवताओं के चित्र

233. आरंभिक मानव की संस्कृति की जानकारी प्राप्त करने के लिए पुरातत्त्ववेत्ता किन-किन साधनों पर निर्भर रहते हैं?

(क) पत्थर के औजार

(ख) प्राचीन गुफाओं में मानवनिर्मित चित्र

(ग) वृक्षों, पशुओं तथा मनुष्यों के जीवाश्म

(घ) उपर्युक्त सभी

234. पुरातत्त्ववेत्ताओं को लाखों वर्ष पुराने जीवाश्म सुरक्षित अवस्था में कैसे मिलते हैं?

(क) चट्टानों में दबे होने के कारण

(ख) बर्फ में दबे रहने के कारण

(ग) प्राचीन गुफाओं में सुरक्षित रहने के कारण

(घ) उपर्युक्त सभी

उत्तर के लिए कृपया पृष्ठ सं. 188 देखें।

235. पुरातत्त्ववेत्ताओं के अनुसार आरंभिक मानव जीवन की क्या प्रमुख विशेषताएँ थीं?

(क) पशुओं की तरह घुमक्कड़ जीवन व्यतीत करना

(ख) आग का प्रयोग करना नहीं आता था

(ग) कच्चा मांस खाता था तथा पशुओं की तरह चार टाँगों पर चलता था

(घ) उपर्युक्त सभी

236. मानव जाति के क्रमिक विकास की व्याख्या करने वाली पुस्तक का नाम क्या है और किसने लिखी है?

(क) Origion of Species written by Charles Darvin

(ख) The Voyage of Beagle written by Dirction

(ग) Human Philosophy by Aristotle

(घ) None of above

237. पुरातत्त्ववेत्ताओं एवं वैज्ञानिकों द्वारा निर्धारित किया गया मानव विकास-क्रम क्या है?

(क) आस्ट्रोलोपिथेकस (ख) होमोहैबिलिस

(ग) होमोएरेक्ट्स (घ) होमोसेपियंस

(ङ) उपर्युक्त सभी

238. चार्ल्स डार्विन नामक विद्वान् ने 'बीगल' नामक जहाज पर कितने वर्ष तक विश्व की यात्रा की तथा पौधों एवं जीव-जंतुओं के अवशेष इकट्ठा किए थे?

(क) 2 साल (ख) 3 साल

(ग) 4 साल (घ) 5 साल

239. अभी तक ज्ञात प्रमाणों के आधार पर मानव का उद्भव किस युग में माना जाता है?

(क) प्रतिनूतन काल (ख) आद्य-प्रतिनूतन काल

(ग) नूतन काल (घ) कोई नहीं

उत्तर के लिए कृपया पृष्ठ सं. 188 देखें।

240. पुरातत्त्व शास्त्रियों के अनुसार मनुष्य की सबसे अधिक मान्य परिभाषा कौन सी मानी जाती है?
(क) औजार बनानेवाला प्राणी
(ख) खेती करनेवाला प्राणी
(ग) मूर्तियाँ बनानेवाला प्राणी
(घ) मृदभांड बनानेवाला प्राणी

241. अभी तक प्राप्त पुरातात्त्विक प्रमाणों के आधार पर मानव की जन्मस्थली कौन सा महाद्वीप माना जाता है?
(क) एशिया (ख) अफ्रीका
(ग) ऑस्ट्रेलिया (घ) यूरोप

242. आधुनिक मानव का सबसे निकटतम प्रथम पूर्वज कौन सा माना जाता है?
(क) ऑस्ट्रोलोपिथेकस (ख) रामपिथेकस
(ग) जावा मानव (घ) पीकिंग मानव

243. ऑस्ट्रोलोपिथेकस मानव के जीवाश्म तथा पत्थर के औजार किन-किन स्थानों से खोजे गए हैं?
(क) तुरकाना झील (केन्या)
(ख) ओल्डवई जार्ज (तंजानिया)
(ग) ट्रांसवाल क्षेत्र में टौंग (दक्षिण अफ्रीका)
(घ) उपर्युक्त सभी

244. पुरातात्त्विक एवं वैज्ञानिक प्रमाणों के आधार पर 'ऑस्ट्रोलोपिथेकस मानव' के आविर्भाव का समय कब से कब तक माना गया है?
(क) 20 से 30 लाख वर्ष पहले
(ख) 10 लाख वर्ष पहले
(ग) 5 लाख वर्ष पहले
(घ) 5 हजार वर्ष पहले

उत्तर के लिए कृपया पृष्ठ सं. 188 देखें।

245. प्राप्त जीवाश्मों के आधार पर ऑस्ट्रोलोपिथेकस नामक आरंभिक मनुष्य की क्या शारीरिक विशेषताएँ थीं?

(क) वह छोटे कद का तथा लघु मस्तिष्कवाला प्राणी था।

(ख) उसने सीधा खड़ा होकर चलना शुरू कर दिया था।

(ग) उसके दाँतों का आकार बड़ा था।

(घ) उपर्युक्त सभी।

246. अपने मृतकों का संस्कार करनेवाला कौन सा मानव प्रथम माना जाता है?

(क) ऑस्ट्रोलोपिथेकस (ख) निअंडरथल

(ग) रामपिथेकस (घ) पीकिंग मानव

247. पुरातात्त्विक प्रमाणों के आधार पर 'निअंडरथल मानव' की क्या विशेषताएँ पता चलती हैं?

(क) शवों को दफ़नानेवाला।

(ख) आग का प्रयोग करनेवाला।

(ग) चमड़े के वस्त्रों का प्रयोग करनेवाला।

(घ) उपर्युक्त सभी

248. जीवाश्मों के आधार पर पूर्ण विकसित मानव को वैज्ञानिक भाषा में क्या कहा जाता है?

(क) होमोसेपियंस (ख) होमो-इरेक्टस

(ग) होमोहेविलिस (घ) उपर्युक्त कोई नहीं

249. होमोसेपियंस मानव का उद्‌भव काल कब से कब तक माना जाता है?

(क) 40 हजार वर्ष पूर्व

(ख) 30 हजार वर्ष पूर्व

(ग) 20 हजार वर्ष पूर्व

(घ) 10 हजार वर्ष पूर्व

उत्तर के लिए कृपया पृष्ठ सं. 188 देखें।

250. होमोसेपियंस मानव द्वारा अपने मृतकों का संस्कार किस प्रकार किया जाता था?

(क) जमीन में गड्ढे खोदकर दफनाना

(ख) मृतक के साथ आभूषण तथा अस्त्र-शस्त्र रखना

(ग) मृतकों के ऊपर गेरू रंग का घोल छिड़कना

(घ) उपर्युक्त सभी

251. विभिन्न पुरास्थलों के उत्खनन से प्राप्त होमोसेपियंस मानव द्वारा निर्मित पशु-मूर्तियाँ किस सामग्री द्वारा बनाई गई हैं?

(क) हाथी दाँत (ख) शृंग

(ग) पाषाण (घ) उपर्युक्त सभी

252. होमोसेपियंस मानव द्वारा हड्डी की बनी सर्वाधिक मूर्तियाँ किसकी मिलती हैं?

(क) पशुओं की (ख) स्त्रियों की

(ग) पुरुषों की (घ) पक्षियों की

253. दो पैरों पर खड़े होनेवाले मानव को किस प्रजाति का माना जाता है?

(क) होमोइरेक्टस (ख) होमोसेपियंस

(ख) होमोनिड (घ) कोई नहीं

254. होमोसेपियंस मानव द्वारा निर्मित कौन सी गुफाएँ प्रसिद्ध हैं, जिनकी छतों पर तथा दीवारों पर चित्रकला के नमूने मिलते हैं?

(क) लास्को (फ्रांस) (ख) अल्तमीरा (स्पेन)

(ग) भीमबेटका (भारत) (घ) उपर्युक्त सभी

255. पुरातत्त्ववेत्ताओं ने तकनीक एवं लेखनकला के आधार पर कौन-कौन से काल निर्धारित किए हैं?

(क) प्रागैतिहासिक (ख) आद्यऐतिहासिक

(ग) ऐतिहासिक (घ) उपर्युक्त सभी

उत्तर के लिए कृपया पृष्ठ सं. 188 देखें।

256. अल्मीरा, लास्को, भीमबेटका आदि पुरास्थल किससे संबंधित माने जाते हैं?
(क) चित्रकला (ख) वास्तुकला
(ग) नृत्य एवं संगीतकला (घ) भवन निर्माण कला

257. पुरातत्त्ववेत्ता तथा वैज्ञानिक किस माध्यम से प्राचीन सभ्यताओं तथा संस्कृतियों का अध्ययन करते हैं?
(क) पुरावशेषों (ख) संरचनाओं
(ग) लिपियों (घ) उपर्युक्त सभी

258. मानव-प्रजाति का विकासक्रम क्या माना जाता है?
(क) ऑस्ट्रोलोपियेकस (ख) होमोइरेक्टस
(ग) होमोसेपियंस (घ) उपर्युक्त सभी

259. 'प्राइमेट' स्तनपायी प्राणियों के एक बड़े समूह को कहा जाता है, जिसमें कौन-कौन से जीव शामिल होते हैं?
(क) वानर (ख) लंगूर
(ग) मानव (घ) उपर्युक्त सभी

260. विभिन्न पुरास्थलों के उत्खनन से प्राप्त सामग्री के आधार पर नव-पाषाणकालीन मनुष्य की किन-किन विशेषताओं का पता चलता है?
(क) नव-पाषाणकालीन मनुष्य औजारों का निर्माण करता था
(ख) कृषि कार्य तथा स्थायी रूप से निवास करता था
(ग) आग तथा पहिए का आविष्कार भी कर लिया था
(घ) उपर्युक्त सभी

261. नव-पाषाणकालीन मानव द्वारा आग का आविष्कार करने के बाद उसका जीवन किस प्रकार प्रभावित हुआ?
(क) मानव ने स्वयं को ठंड तथा जंगली जानवरों से बचाया
(ख) मानव भोजन को पकाकर खाने लगा था
(ग) मानव दिमागी तौर पर जल्दी से विकसित हुआ
(घ) उपर्युक्त सभी

उत्तर के लिए कृपया पृष्ठ सं. 188 देखें।

262. पाषाणकालीन मानव के जीवन में बुनियादी परिवर्तनों के क्या मुख्य कारण थे?
(क) जलवायु परिवर्तन से जनसंख्या में वृद्धि हुई
(ख) व्यावहारिक ज्ञान होने से तकनीक में परिवर्तन हुआ
(ग) पहिए, कृषि तथा आग का आविष्कार हुआ
(घ) उपर्युक्त सभी

263. प्राक् ऐतिहासिक काल की सभ्यता को किस सभ्यता के नाम से जाना जाता है?
(क) आदिम सभ्यता (ख) सैंधव सभ्यता
(ग) आर्य सभ्यता (घ) पाषाण सभ्यता

264. किन-किन सभ्यताओं को कांस्ययुगीन सभ्यताओं के नाम से जाना जाता है?
(क) सैंधव सभ्यता
(ख) मिस्र एवं मेसोपोटामिया सभ्यता
(ग) चीनी सभ्यता
(घ) उपर्युक्त सभी

265. मनुष्य द्वारा सर्वप्रथम ताँबा धातु का प्रयोग कब किया गया था?
(क) 5000 ई.पू. (ख) 4000 ई.पू.
(ग) 3000 ई.पू. (घ) 1000 ई.पू.

266. विश्व की सभी कांस्ययुगीन सभ्यताओं का विकास नदी घाटियों में हुआ था। इसके क्या कारण थे?
(क) प्रचुर मात्रा में उपजाऊ मिट्टी मिलती थी।
(ख) कृषि कार्य के लिए सिंचाई की सुविधा थी।
(ग) मछली पकड़ने, पशुपालन तथा व्यापार आदि की सुविधा थी।
(घ) उपर्युक्त सभी।

उत्तर के लिए कृपया पृष्ठ सं. 188 देखें।

267. 2500 ई.पू. में इराक की दजला एवं फरात नदियों की घाटियों में किस महान् सभ्यता का उद्‌भव हुआ?
(क) मेसोपोटामिया सभ्यता (ख) सैंधव सभ्यता
(ग) चीनी सभ्यता (घ) मिस्री सभ्यता (मिस्री)

268. अफ्रीका महाद्वीप की प्रसिद्ध नील नदी की घाटी में किस महान् सभ्यता का जन्म हुआ था?
(क) मिस्री सभ्यता (ख) बेबीलोनिया सभ्यता
(ग) हड़प्पा सभ्यता (घ) असीरियन सभ्यता

269. ह्वांगो-हो, यांगटिसी तथा सिकियांग नदी घाटियों में किस सभ्यता का उद्‌भव हुआ था?
(क) चीनी सभ्यता (ख) माया सभ्यता
(ग) मिस्री सभ्यता (घ) हड़प्पा सभ्यता

270. सैंधव, मिस्री, मेसोपोटामिया, चीनी आदि सभ्यताओं को पुरातत्त्ववेत्ता किस प्रकार की सभ्यताएँ मानते हैं?
(क) ग्रामीण सभ्यताएँ (ख) शहरी सभ्यताएँ
(ग) आदिम सभ्यताएँ (घ) कबायली सभ्यताएँ

271. प्राचीन मेसोपोटामियन सभ्यता आधुनिक किस देश से संबंधित है?
(क) इराक (ख) ईरान
(ख) कुवैत (घ) अफगानिस्तान

272. प्राचीन मेसोपोटामिया सभ्यता के बारे में पुरातत्त्ववेत्ताओं की जानकारी का प्रमुख स्रोत क्या है?
(क) कब्रें (ख) अभिलेख
(ग) स्मारक (घ) उपर्युक्त सभी

273. लगभग पाँच हजार साल पुरानी मेसोपोटामिया सभ्यता का प्रमुख केंद्र कौन सा था?
(क) सुमेर (ख) अक्काद
(ग) काबुल (घ) कराची

उत्तर के लिए कृपया पृष्ठ सं. 188 व 189 देखें।

274. पुरातत्त्ववेत्ताओं को संसार की लगभग सभी कांस्ययुगीन सभ्यताओं की जानकारी किन-किन माध्यमों से होती है?

(क) पुरातात्त्विक स्रोतों से (ख) साहित्यिक स्रोतों से

(ग) स्मारकों से (घ) उपर्युक्त सभी

275. मेसोपोटामिया सभ्यता के प्रमुख नगर कौन-कौन से थे?

(क) किश-सूसा (ख) उर-लगाश

(ग) बेबीलोन-निन्वेह (घ) उपर्युक्त सभी

276. मेसोपोटामिया सभ्यता में कौन सी लिपि प्रचलित थी?

(क) कीलाक्षर लिपि (ख) चित्रमय लिपि

(ग) ध्वन्यात्मक लिपि (घ) उपर्युक्त सभी

277. कीलाक्षर लिपि को सर्वप्रथम किस विद्वान् ने पढ़ा था?

(क) हेनरी रोलिसन ने (ख) जेम्स प्रिंसेप ने

(ग) शापोल्यो ने (घ) कोई नहीं

278. मेसोपोटामिया सभ्यता के अंतर्गत कौन-कौन सी तीन प्रमुख सभ्यताएँ थीं?

(क) सुमेरियन सभ्यता (ख) बेबीलोनिया सभ्यता

(ग) असीरियन सभ्यता (घ) उपर्युक्त सभी

279. सुमेरियन सभ्यता में राजा को क्या कहा जाता था?

(क) पटेसी (ख) राजा

(ग) सुल्तान (घ) बादशाह

280. सुमेरवासियों के मंदिरों को किस नाम से जाना जाता था?

(क) जिगुरत (ख) मंदिर

(ग) मदरसा (घ) मठ

281. सुमेरिन सभ्यता में दंड व्यवस्था का मुख्य आधार क्या था?

(क) जैसे को तैसा (ख) खून के बदले खून

(ग) आँख के बदले आँख (घ) उपर्युक्त सभी

उत्तर के लिए कृपया पृष्ठ सं. 189 देखें।

282. प्रमाणों के आधार पर पता चलता है कि सुमेरियन लोग बहुदेववादी थे। उनके प्रमुख देवी-देवता कौन-कौन से थे?

(क) सूर्य (शमश)

(ख) चंद्रमा (सिन)

(ग) वायु (एनलिल)

(घ) उपर्युक्त सभी

283. मेसोपोटामिया लोग पुनर्जन्म में विश्वास रखते थे। अर नामक स्थल के उत्खनन से पुरातत्त्ववेत्ताओं को शाही कब्रों से क्या-क्या सामग्री प्राप्त हुई हैं?

(क) राजा-रानी के साथ-साथ उनके नौकरों के शव

(ख) वस्त्राभूषण

(ग) जीवन से संबंधित सभी आवश्यक चीजें

(घ) उपर्युक्त सभी

284. सुमेरियन लोगों की साहित्यिक समृद्धि का प्रमाण एक पुस्तकालय के रूप में मिलता है। किस स्थान से मिट्टी के तीस हजार पहियों का एक अथाह भंडार मिलता है?

(क) अर (ख) लगाश

(ग) टेलो (घ) निप्पुर

285. प्राचीन मिस्र की सभ्यता के बारे में पुराविदों की जानकारी का प्रमुख स्रोत क्या है?

(क) साहित्यिक (ख) पुरातात्त्विक

(ग) स्मारक (घ) उपर्युक्त सभी

286. प्राचीन मिस्री सभ्यता की खोज का श्रेय किसको जाता है?

(क) फ्रांस के सम्राट् तथा विजेता नेपोलियन बोनापार्ट को

(ख) यूनान के महान् शासक सिकंदर को

(ग) मंगोलियन शासक चंगेज खान को

(घ) उपर्युक्त में से कोई नहीं

उत्तर के लिए कृपया पृष्ठ सं. 189 देखें।

287. नील नदी की उर्वरा मिट्टी काली होने के कारण प्राचीन मिस्रवासी अपने देश को किस तरह का देश कहते थे?

(क) नीला देश (ख) काला देश

(ग) पीला देश (घ) सफेद देश

288. "मिस्र नील नदी की देन है।" यह किस विद्वान् ने कहा था?

(क) हेरोडोटस ने (ख) टाल्मी ने

(ग) प्लिनी ने (घ) किसी ने नहीं

289. मिस्र में एक विशेष प्रकार के पौधे से कागज तैयार किया जाता था। उसको क्या कहते थे?

(क) पेपरिस (ख) जूट

(ग) सरकंडा (घ) पेपर

290. मिस्र की सभ्यता के लोग मृत्यु के बाद के जीवन में विश्वास रखते थे। इसलिए वे लोग मृतकों के लिए विशाल समाधियाँ बनाते थे। उनको क्या कहा जाता था?

(क) पिरामिड (ख) समाधि

(ग) स्तूप (घ) कब्रिस्तान

291. मृत्यु के बाद जीवन की कल्पना के मद्देनजर मिस्री लोग राज-परिवार के सदस्यों के शवों को तेल-मसाले लगाकर सुरक्षित रखते थे। इन सुरक्षित शवों को क्या कहा जाता था?

(क) ममी (ख) पुतला

(ग) अस्थि अवशेष (घ) पिंजर

292. मिस्री लोग पत्थर एवं धातु से विचित्र प्रकार की मूर्तियाँ बनाते थे, जिनका सिर मनुष्य का तथा शरीर सिंह का होता था। इस प्रकार की मूर्तियों को क्या कहा जाता था?

(क) स्फिंक्स (ख) मेम्फिस

(ग) मूर्तियाँ (घ) कोई नहीं

उत्तर के लिए कृपया पृष्ठ सं. 189 देखें।

293. किस सभ्यता में यह कहावत प्रचलित थी कि "छात्रों की पीठ पर ही उनके कान होते हैं, इसलिए वे तभी सुनते हैं, जब उनको पीटा जाता है।"

(क) मिस्र (ख) मेसोपोटामिया

(ग) सैंधव (घ) चीनी

294. मिस्री सभ्यता में राजाओं को क्या कहा जाता था?

(क) फराओ (ख) पटेसी

(ग) शासक (घ) सरदार

295. यूनानी सभ्यता ने किन महान् विभूतियों को जन्म दिया था?

(क) सुकरात (ख) प्लेटो

(घ) अरस्तु (घ) सिकंदर

(ङ) सभी

296. हमारे रामायण और महाभारत महाकाव्यों की तरह यूनान के कौन-कौन से महाकाव्य माने जाते हैं?

(क) इलियड (ख) ओडीसी

(ग) दोनों (घ) कोई नहीं

297. यूनानी सभ्यता में प्रत्येक चौथे वर्ष अपोलो मंदिर के निकट खेलकूद प्रतियोगिताओं का आयोजन किया जाता था। उनको कौन से खेल कहा जाता था?

(क) कॉमनवेल्थ गेम

(ख) ओलंपिक गेम

(ग) राष्ट्रीय गेम

(घ) कोई नहीं

298. यूनानी सभ्यता का एक प्रमुख नगर-राज्य कौन सा था, जहाँ पर सभी नागरिकों के लिए सैन्य-शिक्षा अनिवार्य थी?

(क) एंथेस (ख) स्पार्टा

(ग) ओलंपिया (घ) एक्रोपोलिस

उत्तर के लिए कृपया पृष्ठ सं. 189 देखें।

299. यूनान का वह कौन सा महान् विद्वान् था, जिसको 'इतिहास का जनक' (Father of history) माना जाता है?

(क) ट्यूसीहाइडीज (ख) हेरोडोटस

(ग) होमर (घ) सुकरात

300. यूनान के किस महान् शासक ने 323 ई.पू. में भारत पर आक्रमण किया था?

(क) फिलिप (ख) सिकंदर महान्

(ग) डीमेक्स (घ) कोई नहीं

301. सर्वप्रथम यूनान में ओलंपिक (Olympic) खेलों का आयोजन कब किया गया था?

(क) 330 ई.पू. (ख) 430 ई.पू.

(ग) 776 ई.पू. (घ) 800 ई.पू.

302. पुरातात्त्विक तथा साहित्यिक प्रमाणों के आधार पर माना जाता है कि यूनानी लोग बहुदेववादी थे। उनके प्रमुख देवी-देवता कौन-कौन से थे?

(क) जियस (आकाश का देवता)

(ख) पोसीडस (समुद्र की देवी)

(ग) एथिना (कला एवं विद्या की देवी)

(घ) अपोलो (सूर्य देवता)

(ङ) उपर्युक्त सभी

303. प्राचीनकाल में इटली में एक उच्चकोटि की सभ्यता का प्रादुर्भाव हुआ। वह कौन सी सभ्यता थी?

(क) रोमन (ख) यूनानी

(ग) क्रीट (घ) बेबीलोनिया

304. प्राचीन रोमन सभ्यता में विभिन्न जंगली जानवरों की लड़ाई के लिए अखाड़े बने होते थे। उनको क्या कहा जाता था?

(क) स्टेडियम (ख) अखाड़ा

(ग) कोलोजियम (घ) ट्रैक

उत्तर के लिए कृपया पृष्ठ सं. 189 देखें।

305. प्राचीन रोमन सभ्यता के लोगों का सबसे लोकप्रिय खेल कौन सा था?

(क) फुटबॉल

(ख) ग्लेडियेटर

(ग) आइस हॉकी

(घ) क्रिकेट

306. प्राचीन रोमन सभ्यता के कौन-कौन से प्रमुख देवी-देवता थे?

(क) जूपिटर (वर्षा का देवता)

(ख) मॉर्स (युद्ध का देवता)

(ग) मिनर्वा मर्करी (प्राकृतिक देवता)

(घ) जूनो (महिलाओं की देवी)

(ङ) उपर्युक्त सभी

307. धार्मिक क्षेत्र में प्राचीन रोमन सभ्यता की सबसे बड़ी देन क्या मानी जाती है?

(क) ईसाई धर्म की उत्पत्ति

(ख) पारसी धर्म की उत्पत्ति

(ग) इस्लाम धर्म की उत्पत्ति

(घ) यहूदी धर्म की उत्पत्ति

308. पुरातत्त्व (Archaeology) की विभिन्न विद्वानों ने क्या-क्या परिभाषाएँ दी हैं?

(क) **ग्राहम क्लार्क** : "पुरावशेषों के क्रमबद्ध अध्ययन से मानव अतीत की संरचना ही पुरातत्त्व है।"

(ख) **एच.डी. साकलियाँ**, "पुरातत्त्व प्रधानतः पुरावशेषों का ही अध्ययन है।"

(ग) **एन.सी. नेल्सन**, "पुरातत्त्व मनुष्य तथा उसकी संस्कृति से संबंधित भौतिक अवशेषों का अध्ययन हैं।"

(घ) उपर्युक्त सभी

उत्तर के लिए कृपया पृष्ठ सं. 189 देखें।

309. पुरातत्त्व के महत्त्व के बारे में यह किस विद्वान् द्वारा कहा गया है, "भारत का इतिहास कुछ सीमा तक भूगर्भ में दिया हुआ है, जो पुरातत्त्ववेत्ताओं की प्रतिक्षा में है, जो उसे प्रकाश में लाकर इतिहास संरचना करेंगे।"

(क) जवाहर लाल नेहरू (ख) वल्लभ भाई पटेल
(ग) मौलाना आजाद (घ) जगजीवन राम

310. भारतीय पुरातत्त्व सर्वेक्षण, जो भारत में पुरातत्त्व संबंधी उत्तरदायित्वों का निर्वाह करता है, भारत सरकार के किस मंत्रालय के अधीन काम करता है?

(क) केंद्रीय मानव संसाधन मंत्रालय
(ख) केंद्रीय विदेश मंत्रालय
(ग) केंद्रीय वित्त मंत्रालय
(घ) केंद्रीय ज्ञान-विज्ञान मंत्रालय

311. 1784 ई. में सर विलियम जोंस ने पूरे एशिया महाद्वीप के पुरावशेषों, कलाओं तथा साहित्य के अध्ययन के लिए कोलकाता (कलकत्ता) में किस सोसायटी की स्थापना की थी?

(क) रॉयल एशियाटिक सोसायटी
(ख) भारतीय पुरातत्त्व सोसायटी
(ग) ज्ञान-विज्ञान सोसायटी
(घ) साहित्यिक सोसायटी

312. 1872 में किस प्रसिद्ध विद्वान् ने 'Indian Antiquiry' नामक पत्रिका का प्रकाशन किया, जिसमें अभिलेखों का अनुवाद, अभिलेखों की छाप तथा लिपियों का प्रकाशन किया जाता था?

(क) जेम्स बर्गेस
(ख) जार्ज ब्यूलर
(ग) जॉन फ्लीट
(घ) कोई नहीं

उत्तर के लिए कृपया पृष्ठ सं. 189 देखें।

313. भारतीय पुरातत्त्व सर्वेक्षण के किस महानिदेशक के कार्यकाल में दिल्ली में राष्ट्रीय संग्रहालय की स्थापना हुई थी?

(क) जनरल कनिंघम (ख) मार्टीमर व्हीलर

(ग) बी.बी. लाल (घ) एन.पी. चक्रवर्ती

314. Indian Archaeological Society की स्थापना कब की गई थी?

(क) 1960 (ख) 1962

(ग) 1965 (घ) 1967

315. पुरातात्त्विक स्थलों के सर्वेक्षण के लिए किस ऋतु को सबसे उत्तम माना जाता है?

(क) वर्षा ऋतु के उपरांत (ख) शीत ऋतु के उपरांत

(ग) ग्रीष्म ऋतु के उपरांत (घ) बसंत ऋतु के उपरांत

316. भारतीय पुरातत्त्व के संदर्भ में आकस्मिक रूप से कौन-कौन सी खोजें मानी जाती हैं?

(क) बयाना मुद्रानिधि (ख) ताम्रनिधियाँ

(ग) सैंधव सभ्यता (घ) उपर्युक्त सभी

317. साहित्यिक स्रोतों के दिए गए विवरणों के आधार पर डॉ. बी.बी. लाल ने किन-किन पुरास्थलों का उत्खनन कराया था?

(क) नंदीग्राम (ख) शृंगवेरपुर

(ग) हस्तिनापुर (घ) उपर्युक्त सभी

318. शृंगवेरपुर किससे संबंधित पुरास्थल हैं?

(क) रामायण (ख) महाभारत

(ग) पुराण (घ) बौद्ध स्थल

319. अंग्रेजी सरकार 1828 ई. में विलियम बैंटिक के वायसराय काल में भारत की किस प्रसिद्ध इमारत को गिराकर उसके संगमरमर की नीलामी से धन कमाना चाह रही थी, लेकिन सौभाग्यवश ऐसा नहीं हो पाया था?

(क) हुमायूँ का मकबरा (ख) ताजमहल

(ग) चारमीनार (घ) चाँद बीबी का मकबरा

उत्तर के लिए कृपया पृष्ठ सं. 189 देखें।

320. पुरातत्त्ववेत्ताओं को प्रागैतिहासिक काल की जानकारी किन-किन स्रोतों से प्राप्त होती है?
(क) मनुष्य तथा पशुओं के जीवाश्मों के रूप में
(ख) मानवकृत भौतिक पुरावशेषों तथा पुरानिधियों के रूप में
(ग) प्राचीन पादपों, फूलों-फलों तथा फसलों के पुरावशेषों के रूप में
(घ) उपर्युक्त सभी

321. आद्यऐतिहासिक (Proto history) काल के अंतर्गत पुरातत्त्ववेत्ता किस सभ्यता का अध्ययन करते हैं?
(क) आदिम सभ्यता (ख) सैंधव सभ्यता
(ग) आर्य सभ्यता (घ) कोई नहीं

322. भारतीय इतिहास तथा संस्कृति के बारे में जानने के लिए पुरातत्त्ववेत्ताओं को कौन-कौन सी लिखित सामग्री पर निर्भर रहना पड़ता है?
(क) अभिलेख (ख) मुद्राएँ
(ग) मुहरें तथा सिक्के (घ) उपर्युक्त सभी

323. प्रागैतिहासिक काल के अंतर्गत पुरातत्त्ववेत्ता किन तीन प्रमुख कालों का अध्ययन करते हैं?
(क) पुरापाषाण काल (ख) मध्यपाषाण काल
(ग) नवपाषाण काल (घ) उपर्युक्त सभी

324. किन-किन पुरातात्त्विक सामग्री के आधार पर कहा जा सकता है कि ईसा की आरंभिक शताब्दियों में भारत और रोम के बीच व्यापारिक तथा सांस्कृतिक संबंध थे?
(क) गांधार मूर्तिकला
(ख) रोमन मूर्तियाँ
(ग) रोमन सिक्के तथा मृदभांड
(घ) उपर्युक्त सभी

उत्तर के लिए कृपया पृष्ठ सं. 189 देखें।

325. निम्नलिखित में से कौन-कौन से प्रमुख प्राचीन सूर्य मंदिर हैं?
(क) मंदसौर (ख) कोणार्क
(ग) मोढेरा (घ) उपर्युक्त सभी

326. प्राचीन अभिलेखों के अध्ययन को क्या कहा जाता है?
(क) अभिलेखशास्त्र (ख) पुरालेखशास्त्र
(ग) मुद्राशास्त्र (घ) कोई नहीं।

327. सर्वाधिक आरंभिक अभिलेख किस पर खुदे हुए मिलते हैं?
(क) सोने पर (ख) चाँदी पर
(ग) पत्थर पर (घ) ताँबे पर

328. भारत के सबसे प्राचीन अभिलेख किस समय के माने जाते हैं?
(क) प्रथम सदी ई.पू. (ख) द्वितीय सदी ई.पू.
(ग) तृतीय सदी ई.पू. (घ) चौथी सदी ई.पू.

329. भारत के सर्वाधिक प्राचीन अभिलेख किन-किन लिपियों में लिखे गए हैं?
(क) पाली
(ख) प्राकृत
(ग) खरोष्ठी तथा ब्राह्मी
(घ) अरेमाइक
(ङ) तीसरा और चौथा, दोनों

330. किस भारतीय शासक के अभिलेख सबसे प्राचीन माने जाते हैं?
(क) चंद्रगुप्त प्रथम (ख) सम्राट् अशोक
(ग) हर्ष (घ) कनिष्क

331. तीसरी सदी ई.पू. के सम्राट् अशोक के शिलालेख किन लिपियों में मिलते हैं?
(क) ब्राह्मी (ख) खरोष्ठी
(ग) अरेमाईक (घ) उपर्युक्त सभी

उत्तर के लिए कृपया पृष्ठ सं. 189 देखें।

332. अभिलेखों में संस्कृत भाषा का प्रयोग कब से शुरू हुआ माना जाता है?

(क) ईसा की दूसरी सदी में

(ख) ईसा की तीसरी सदी में

(ग) ईसा की चौथी सदी में

(घ) ईसा की पाँचवीं सदी में

333. कौन सी लिपि को भारतीय भाषाओं की जननी माना जाता है?

(क) ब्राह्मी को (ख) देवनागरी को

(ख) खरोष्ठी को (घ) गुरुमुखी को

334. सम्राट् अशोक के किस क्षेत्र के शिलालेख खरोष्ठी और अरेमाईक लिपि में मिलते हैं?

(क) उत्तर-पश्चिमी (ख) पूर्व-पश्चिमी

(ग) उत्तर-पूर्व (घ) कोई नहीं

335. ब्राह्मी लिपि किस प्रकार से लिखी जाती है?

(क) बाईं से दाईं ओर

(ख) दाईं से बाईं ओर

(ग) ऊपर से नीचे कर ओर

(घ) नीचे से ऊपर की ओर

336. खरोष्ठी लिपि किस प्रकार से लिखी जाती है?

(क) दाईं से बाईं ओर

(ख) बाईं से दाईं ओर

(ग) नीचे से ऊपर

(घ) ऊपर से नीचे

337. ब्राह्मी लिपि को सर्वप्रथम जेम्स प्रिसेंप नामक विद्वान् ने कब पढ़ा था?

(क) 1834 (ख) 1835

(ग) 1836 (घ) 1837

उत्तर के लिए कृपया पृष्ठ सं. 189 व 190 देखें।

338. किन अभिलेखों से ज्ञात होता है कि ईरानी सम्राट् दारा प्रथम ने सिंधु नदी पर अधिकार कर लिया था?

(क) बेहिस्तून एवं पर्सिपोलिस अभिलेख

(ख) अशोक के अभिलेख

(ग) बोगजगोई अभिलेख

(घ) कोई नहीं

339. गुप्त वंश के शासक समुद्रगुप्त की 'प्रयाग प्रशस्ति' मौर्य वंश के किस शासक के स्तंभ लेख पर लिखी गई है?

(क) चंद्रगुप्त मौर्य (ख) अशोक

(ग) बिंदुसार (घ) कुणाल

340. मिस्र में किस स्थान से मिली मिट्टी की मोहरों पर वहाँ के शासकों के नाम वैदिक लगते हैं; जैसे–यज्ञदत्त, शुतर्न, जन्मेज्य आदि।

(क) अलअमर्ना (ख) काहिरा

(ग) किश (घ) लगारा

341. किस प्रशस्ति से महाराजा भोज की उपलब्धियों का पता चलता है?

(क) ग्वालियर (ख) प्रयाग

(ग) इलाहाबाद (घ) कोई नहीं

342. हाथीगुंफा अभिलेख में कलिंग के किस राजा की उपलब्धियों का विवरण मिलता है?

(क) खारवेल (ख) शशांक

(ग) अशोक (घ) कोई नहीं

343. भीतरी स्तंभलेख किस गुप्त वंश के राजा से संबद्ध है?

(क) स्कंदगुप्त (ख) समुद्रगुप्त

(ग) चंद्रगुप्त-II (घ) कोई नहीं

उत्तर के लिए कृपया पृष्ठ सं. 190 देखें।

344. देवपाड़ा अभिलेख बंगाल के किस सेनवंशीय शासक से संबंधित माना जाता है?

(क) विजयसेन (ख) जयसेन

(ग) देवसेन (घ) कोई नहीं

345. चालुक्य नरेश पुलकेशन द्वितीय के किस अभिलेख से यह पता चलता है कि उसने सम्राट् हर्ष को पराजित किया था?

(क) नासिक (ख) ऐहोल

(ग) देवपाड़ा (घ) सारनाथ

346. यवन राजा हेलियोडोरस के किस स्तंभलेख से वैष्णव धर्म की जानकारी मिलती है?

(क) बेसनगर गरुड़ स्तंभलेख

(ख) मधुबन ताम्रपत्र

(ग) प्रयाग प्रशस्ति

(घ) देवपाड़ा स्तंभलेख

347. अधिकतर भूमि अनुदान पत्र किस धातु की चादरों पर उत्कीर्ण मिलते हैं?

(क) सोना (ख) चाँदी

(ग) ताँबा (घ) काँसा

348. प्रथम सदी का एक अभिलेख, जिसमें वर्णित यवन शब्द से भारत-रोम संबंधों की जानकारी मिलती है, कहाँ से मिला है?

(क) महाराष्ट्र के नासिक से

(ख) यू.पी. के मथुरा से

(ग) हरियाणा के पेहवा से

(घ) इलाहाबाद के प्रयाग से

349. किस अभिलेख से ज्ञात होता है कि चंद्रगुप्त मौर्य के राज्यपाल पुष्पगुप्त वैश्य ने सुदर्शन झील का निर्माण करवाया था?

(क) गिरनार अभिलेख (ख) मंदसौर अभिलेख

(ग) शाहबाजगढ़ी अभिलेख (घ) कोई नहीं

उत्तर के लिए कृपया पृष्ठ सं. 190 देखें।

350. "यहाँ पर शाक्यमुनि बुद्ध का जन्म हुआ था, इसलिए लुम्बिनी ग्राम को करों से मुक्त किया जाता है, केवल आठवाँ 1/8 भाग ही लेना निश्चित होगा" ऐसा किस अभिलेख में कहा गया है?

(क) शाहबाजगढ़ी अभिलेख

(ख) गिरनार अभिलेख

(ग) रुमनदेई अभिलेख

(घ) साँची अभिलेख

351. सम्राट् अशोक के कौन से अभिलेखों में उसका नाम अशोक मिलता है?

(क) मास्की तथा गुजर्रा अभिलेख

(ख) निग्लिवा अभिलेख

(ग) रुमनदेई अभिलेख

(घ) साँची अभिलेख

352. किस इतिहासकार ने अभिलेखों के आधार पर सम्राट् अशोक का इतिहास लिखा है?

(क) आर.सी. मजूमदार (ख) डी.आर. भंडारकर

(ग) राहुल सांस्कृत्यायन (घ) डी.पी. वत्स

353. सम्राट् अशोक के किस शिलालेख से पता चलता है कि उसने लोगों के नैतिक उत्थान के लिए धर्म-महामात्रों की नियुक्ति की थी?

(क) दूसरे शिलालेख (ख) तीसरे शिलालेख

(ग) पाँचवें शिलालेख (घ) चौथे शिलालेख

354. सम्राट् अशोक के किस शिलालेख से कलिंग युद्ध और उसके परिणामों के बारे में पता चलता है?

(क) 10वाँ शिलालेख (ख) 12वाँ शिलालेख

(ग) 13वाँ शिलालेख (घ) 14वाँ शिलालेख

उत्तर के लिए कृपया पृष्ठ सं. 190 देखें।

355. "जिस प्रकार माता-पिता योग्य धात्री के हाथों में बच्चों को सौंप कर आश्वस्त हो जाते हैं, उसी प्रकार मैंने ग्रामीण जनों के सुख के लिए राजुकों की नियुक्ति की है।" सम्राट् अशोक के ये शब्द उसके किस स्तंभ-लेख में मिलते हैं?

(क) चौथा स्तंभलेख (ख) दूसरा स्तंभलेख

(ग) पहला स्तंभलेख (घ) पाँचवाँ स्तंभलेख

356. सम्राट् अशोक के किस स्तंभ लेख पर गुप्त सम्राट् समुद्रगुप्त की विजयों का विवरण मिलता है?

(क) प्रयाग स्तंभ लेख (ख) टोपरा स्तंभ लेख

(ग) रामपुरवा स्तंभ लेख (घ) लौरियानंदगढ़ अभिलेख

357. सम्राट् अशोक के कौन से शिलालेख खरोष्ठी लिपि में मिलते हैं?

(क) शाहबाजगढ़ी एवं मानसेरा

(ख) कलसी एवं गिरनार

(ग) धौली एवं जौगढ़

(घ) मास्की एवं गुर्जरा

358. किस शिलालेख से हमें कलिंग युद्ध के बाद सम्राट् अशोक के हृदय परिवर्तन का मार्मिक चित्रण मिलता है?

(क) 13वें शिलालेख से (ख) 12वें शिलालेख से

(ग) 10वें शिलालेख से (घ) 14वें शिलालेख से

359. किस प्रशस्ति से पता चलता है कि गौतमी-पुत्र शतकर्णी के घोड़ों ने तीन समुद्रों का जल पिया था?

(क) नासिक प्रशस्ति (ख) इलाहाबाद प्रशस्ति

(ग) प्रयाग प्रशस्ति (घ) कोई नहीं

360. गुप्त वंश के राजा समुद्र गुप्त के इतिहास को जानने का सबसे प्रमुख स्रोत क्या माना जाता है?

(क) प्रयाग स्तंभलेख (ख) कौशांबी स्तंभलेख

(ग) एरण स्तंभलेख (घ) कोई नहीं

उत्तर के लिए कृपया पृष्ठ सं. 190 देखें।

361. ऐसी कौन सी प्रशस्ति है, जिसमें तीन राजाओं का उल्लेख एक साथ मिलता है?

(क) प्रयाग प्रशस्ति (ख) देवपाड़ा प्रशस्ति
(ग) टोपरा प्रशस्ति (घ) कोई नहीं

362. गुप्त वंश के शासक कुमारगुप्त के किस अभिलेख से पता चलता है कि रेशम बुनकरों की श्रेणी ने 437-38 ई. में भव्य सूर्य मंदिर का निर्माण करवाया था?

(क) मंदसौर अभिलेख (ख) जूनागढ़ अभिलेख
(ग) भीतरी अभिलेख (घ) गढवा अभिलेख

363. प्राचीन भारत में सती-प्रथा का प्रथम लिखित साक्ष्य किस शिलालेख में मिलता है?

(क) समुद्रगुप्त का इलाहाबाद शिलालेख
(ख) समुद्रगुप्त का एरण शिलालेख
(ग) कुमारगुप्त का मंदसौर शिलालेख
(घ) स्कंदगुप्त का भीतरी शिलालेख

364. समुद्रगुप्त की प्रयाग प्रशस्ति उसके किस दरबारी कवि द्वारा लिखी गई थी?

(क) रविकीर्ति (ख) हरिषेण
(ग) अश्वघोष (घ) वत्समहि

365. मंदसौर प्रशस्ति की रचना किसके द्वारा की गई थी?

(क) वत्समहि (ख) कामंदक
(ग) वीरसेन (घ) रवि वर्मा

366. सती प्रथा का महत्त्वपूर्ण साक्ष्य 510 ई. का एरण शिलालेख है। इसमें किस सेनापति की पत्नी के सती होने का उल्लेख है?

(क) योगराज (ख) गोपराज
(ग) युवराज (घ) कोई नहीं

उत्तर के लिए कृपया पृष्ठ सं. 190 देखें।

367. सूची-I को सूची-II से सुमेलित करो–

सूची-I अभिलेख	सूची-II (संबंधित राजा)
(A) हाथी गुंफा अभिलेख	1. विजयसेन
(B) नासिक अभिलेख	2. रूददामन
(C) गिरनार अभिलेख	3. गौतमी पुत्र शतकर्णी
(D) देवपाड़ा अभिलेख	4. खारवेल

	(A)	(B)	(C)	(D)
(क)	2	1	3	4
(ख)	4	3	2	1
(ग)	4	3	1	2
(घ)	3	1	4	2

368. भारत के लोहे के प्रयोग करने के पुरातात्त्विक साक्ष्य कब के माने जाते हैं?

(क) 700 ई.पू. (ख) 800 ई.पू.

(ग) 900 ई.पू. (घ) 1100 ई.पू.

369. सैंधव लोगों को लिपि की जानकारी थी। पुरातत्त्ववेत्ताओं को किस स्रोत से यह पता चलता है?

(क) अभिलेखों से (ख) मोहरों से

(ग) सिक्कों से (घ) कोई नहीं

370. पुरातत्त्ववेत्ताओं द्वारा सैंधव सभ्यता के पतन का सर्वाधिक मान्य समय कब माना जाता है?

(क) 600 ई.पू. (ख) 1500 ई.पू.

(ग) 2000 ई.पू. (घ) 3000 ई.पू.

371. किस सैंधव स्थल की खुदाई से पता चलता है कि उन लोगों के विदेशों से व्यापारिक संबंध थे?

(क) कालीबंगा (ख) राखीगढ़ी

(ग) हड़प्पा (घ) लोथल

उत्तर के लिए कृपया पृष्ठ सं. 190 देखें।

372. पुरातात्त्विक साक्ष्यों के आधार पर सैंधव सभ्यता किस सभ्यता की समकालीन मानी जाती है?

(क) चीनी सभ्यता (ख) माया सभ्यता

(ग) क्रीट सभ्यता (घ) मेसोपोटामिया सभ्यता

373. आलमगीरपुर नामक पुरास्थल कहाँ पर स्थित है?

(क) उत्तर प्रदेश के सहारनपुर जिले में

(ख) उत्तर प्रदेश के मेरठ जिले में

(ग) उत्तर प्रदेश के लखनऊ जिले में

(घ) कहीं नहीं।

374. हड़प्पा नामक पुरास्थल की खुदाई से एक योगी की मुद्रा मिलती है, जो चार पशुओं से घिरी हुई है। पुरातत्त्ववेत्ताओं ने इसका समीकरण किस देवता से किया है?

(क) पशुपति शिव (ख) विष्णु

(ग) मुरुगन (घ) वायु

375. कुम्हार के चाक का प्रयोग सर्वप्रथम कहाँ पर हुआ था?

(क) हड़प्पा (ख) कालीबंगा

(ग) रोपड़ (घ) संघोल

376. विभिन्न सैंधल पुरास्थलों से प्राप्त किस वस्तु से अनुमान लगाया जाता है कि सैंधव घाटी में पर्याप्त वर्षा होती थी?

(क) चित्रों से (ख) गहरी पक्की नालियों से

(ग) खिलौनों से (घ) देवताओं की मूर्तियों से

377. पुरातत्त्वविद् ए. घोष ने एक संस्कृति को 'सोढ़ी-संस्कृति का नाम दिया है, यह संस्कृति है–

(क) पूर्व हड़प्पा सभ्यता

(ख) हड़प्पा के बाद की सभ्यता

(ग) परिपक्व हड़प्पा

(घ) कोई नहीं

उत्तर के लिए कृपया पृष्ठ सं. 190 देखें।

378. आमरी, नाल, कोटदीजी, झोब, ये सभी संस्कृतियाँ हैं–

(क) पूर्व हड़प्पा (Pre-Harrapan)

(ख) बाद हड़प्पा (Late-Harrapan)

(ग) परिपक्व हड़प्पा (Mature-Harrapan)

(घ) कोई नहीं

379. राजस्थान का कालीबंगा तथा हरियाणा का बनावली, दोनों पुरास्थल कौन सी संस्कृति से संबंधित हैं?

(क) प्राक् हड़प्पा (ख) परिपक्व हड़प्पा

(ग) हड़प्पोत्तर (घ) कोई नहीं

380. पुराविदों तथा इतिहासकारों ने बहुमत से स्वीकार किया है कि सैंधव सभ्यता के निर्माता कौन थे?

(क) आर्य (ख) द्राविड़

(ग) शक (घ) हूण

381. निम्न में से कौन सा युग्म सही नहीं है?

1. जोरवे संस्कृति – महाराष्ट्र
2. कायथा – मालवा
3. बनास – दक्षिण-पूर्व राजस्थान
4. नाल – राजस्थान

382. खुदाई में कौन सा नगर चारदीवारी से घिरा हुआ मिला है?

(क) हड़प्पा (ख) मोहनजोदड़ो

(ग) कालीबंगा (घ) उपर्युक्त सभी

383. उत्खननों में प्राप्त सामग्री के आधार पर सैंधव सभ्यता की कौन सी प्रमुख विशेषताएँ मिलती हैं?

(क) यह भारत की प्राचीन सभ्यता है

(ख) यह नगरीय सभ्यता है

(ग) पानी की निकासी के लिए नालियों की सुंदर व्यवस्था है

(घ) उपर्युक्त सभी

उत्तर के लिए कृपया पृष्ठ सं. 190 देखें।

384. किस सैंधव पुरास्थल के उत्खनन से एक ताँबे की मुद्रा मिलती है?

(क) रोजड़ी (ख) देसलपुर

(ग) लोथल (घ) हस्तिनापुर

385. किस पुरास्थल से टेराकोटा के एक पुजारी का सिर मिला है, जिसकी दाढ़ी है, पर मूँछें नहीं हैं?

(क) मोहनजोदड़ो (ख) हड़प्पा

(ग) राखीगढ़ी (घ) भिरडान

386. किस सैंधव पुरास्थल से ताँबे को गलाने का एक कारखाना मिला है?

(क) मोहनजोदड़ो (ख) हड़प्पा

(ग) रोपड़ (घ) संघोल

387. पुराविदों के अनुसार सैंधव सभ्यता के पतन का कौन सा कारण नहीं था?

(क) सिंधु नदी का रास्ता बदलना

(ख) बाह्य आक्रमण

(ग) जलवायु परिवर्तन

(घ) प्रशासनिक शिथिलता

388. किस सैंधव पुरास्थल से एक विशाल स्नानागार मिला है, जिसका प्रयोग धार्मिक अनुष्ठानों पर सामूहिक स्नान के लिए किया जाता था?

(क) हड़प्पा (ख) मोहनजोदड़ो

(ग) बणावली (घ) कोई नहीं

389. सैंधव लोगों के हल किस धातु या सामग्री के बने होते थे?

(क) लोहा (ख) काँसा

(ग) लकड़ी (घ) ताँबा

उत्तर के लिए कृपया पृष्ठ सं. 190 देखें।

390. यूनानी लोग कपास के लिए 'सिंडन' शब्द का प्रयोग करते थे। किस सभ्यता के लोगों को इसके उत्पादन का सर्वप्रथम श्रेय दिया जाता है?

(क) मिस्री सभ्यता (ख) यूनानी सभ्यता

(ग) सैंधव सभ्यता (घ) मेसोपोटामिया

391. उत्खननों से पता चलता है कि सैंधव लोगों के जीवन में व्यापार का बड़ा महत्त्व था। उनके व्यापारिक जीवन की क्या-क्या प्रमुख विशेषताएँ थीं?

(क) मेसोपोटामिया से हड़प्पन मोहरों का मिलना

(ख) उनका व्यापार वस्तु-विनिमय द्वारा होता था

(ग) लोथल से सैंधव बंदरगाह का मिलना

(घ) उपर्युक्त सभी

392. सर्वप्रथम वास्तुकला का ज्ञान हमें किस काल से होता है?

(क) सैंधव काल (ख) मौर्यकाल

(ग) गुप्तकाल (घ) मध्यकाल

393. पुरातात्त्विक प्रमाणों के आधार पर हमें लगभग सभी सैंधव नगर कितने भागों में विभाजित मिलते हैं?

(क) द्विमहापथ (ख) त्रिमहापथ

(ग) चतुष्महापथ (घ) कोई नहीं

394. उत्खनन में हड़प्पा के प्रमुख राजमार्ग की चौड़ाई कितनी मिली है?

(क) 20 फीट (ख) 30 फीट

(ग) 24 फीट (घ) 31 फीट

395. उत्तर-हड़प्पा संस्कृति कौन से काल से संबंधित थी?

(क) कांस्य काल (ख) लौह काल

(ग) पाषाण काल (घ) कोई नहीं

उत्तर के लिए कृपया पृष्ठ सं. 190 देखें।

396. उत्तर-हड़प्पा संस्कृति (Late Harrapn Culture) की क्या प्रमुख विशेषताएँ थीं?

(क) यह एक ग्रामीण संस्कृति थी

(ख) इनके मकान कच्ची ईटों के बने थे

(ग) ये लोग NBPW मृदभांड प्रयोग करते थे

(घ) उपर्युक्त सभी

397. मोहनजोदड़ो से प्राप्त विशाल स्नानागार की क्या माप थी?

(क) 29 फीट x 13 फीट x 9 फीट

(ख) 39 फीट x 23 फीट x 8 फीट

(ग) 25 फीट x 15 फीट x 5 फीट

(घ) 36 फीट x 18 फीट x 8 फीट

398. किन पुरातात्त्विक प्रमाणों के आधार पर कहा जा सकता है कि सैंधव लोग विदेशों से समुद्री मार्ग द्वारा व्यापार करते थे?

(क) लोथल से प्राप्त गोदी (बंदरगाह)

(ख) फारस की मोहरें

(ग) सैंधव मोहरों पर जहाज के चित्र

(घ) उपर्युक्त सभी

399. पिग्गट महोदय ने माना है कि विशाल सैंधव सभ्यता की हड़प्पा और मोहनजोदड़ो दो जुड़वाँ राजधानियाँ थीं। इन दोनों के बीच कितनी दूरी है?

(क) 500 कि.मी. (ख) 540 कि.मी.

(ग) 600 कि.मी. (घ) 200 कि.मी.

400. सैंधव लोग रात में प्रकाश करने के लिए किस चीज का प्रयोग करते थे?

(क) रुई की बत्ती के साथ चरबी का प्रयोग

(ख) सरसों का तेल

(ग) कोयले का प्रयोग

(घ) बिजली का प्रयोग

उत्तर के लिए कृपया पृष्ठ सं. 190 व 191 देखें।

401. पुरातात्त्विक प्रमाणों से पता चलता है कि सैंधव लोग बाल सँवारने के लिए कंघे का प्रयोग भी करते थे, जो कि बना होता था–

(क) लकड़ी (ख) ताँबा
(ग) प्लास्टिक (घ) हाथी दाँत

402. प्रमाणों के आधार पर यह भी पता चलता है कि सैंधव लोग सिले हुए कपड़े पहनते थे। उनकी सुइयाँ किस चीज की बनी होती थीं?

(क) लोहे की
(ख) कांस्य की
(ग) हाथी दाँत की
(घ) लकड़ी की

403. विभिन्न पुरास्थलों के उत्खनन से हमें सैंधव स्त्रियों के कौन-कौन से आभूषण मिलते हैं?

(क) नाथ, कर्णफूल, करमबंद, नुपूर आदि।
(ख) बाजूबंद, अँगूठी, कर्णफूल।
(ग) कंगड, केशबंद, बोरला।
(घ) पायल, अँगूठी, तकड़ी।

404. हड़प्पा सभ्यता किन विशेषताओं में मेसोपोटामिया सभ्यता से अलग विशिष्टता रखती है?

(क) समकोण पर काटती सड़कें
(ख) विशाल अन्नागार तथा स्नानागार
(ग) जल निकासी के लिए पक्की ईंटों की नालियों की व्यवस्था
(घ) उपर्युक्त सभी

405. किस सैंधव स्थल से एक कब्र में दो व्यक्तियों के दफनाए जाने के प्रमाण मिलते हैं, जिसे देखकर पुराविदों ने सती-प्रथा का प्रचलन होने की बात भी कही है?

(क) कालीबंगा (ख) हड़प्पा
(ग) लोथल (घ) मीताथल

उत्तर के लिए कृपया पृष्ठ सं. 191 देखें।

406. किस सैंधव स्थल से छोटे-छोटे पत्थरों से बाँध बनाकर सिंचाई किए जाने के प्रमाण मिलते हैं?

(क) भगवानपुरा (ख) रोपड़

(ग) लोथल (घ) ब्लूचिस्तान

407. किसी भी हड़प्पा स्थल से किस फसल के प्रमाण नहीं मिलते हैं?

(क) चावल (ख) कपास

(ग) जौ (घ) गन्ना

408. किस सैंधव स्थल से पूर्व हड़प्पा, विकसित हड़प्पा तथा उत्तर हड़प्पा के प्रमाण मिलते हैं?

(क) कालीबंगा (ख) मोहनजोदड़ो

(ग) सनौली (घ) भिरडाना

409. भारत में द्वितीय नगरीकरण की शुरुआत किन मृदभांडों के प्रयोग से मानी जाती है?

(क) पीजीडब्ल्यू (ख) एनबीपीडब्ल्यू

(ग) ब्लैक एंड रेड वार (घ) कोई नहीं

410. पुरातत्त्व के परिदृश्य में ताम्रश्म संस्कृति किसे कहा जाता है?

(क) ताँबे और काँसे का एक साथ प्रयोग

(ख) ताँबे और पत्थर का एक साथ प्रयोग

(ग) ताँबे और लोहे का एक साथ प्रयोग

(घ) उपर्युक्त कोई नहीं

411. पुरातात्त्विक प्रमाणों से यह बात सिद्ध हो चुकी है कि सैंधव लोगों का व्यापार मेसोपोटामियन लोगों से होता था। हड़प्पन लोग मेसोपोटामिया को क्या-क्या सामान निर्यात करते थे?

(क) सोना, चाँदी, ताँबा

(ख) सीसा, टीन

(ग) ताँबा, लाजवर्द, हाथी दाँत, मोहरें

(घ) कोई नहीं

उत्तर के लिए कृपया पृष्ठ सं. 191 देखें।

412. विदेशी व्यापार करने के लिए सैंधव लोगों के प्रमुख बंदरगाह कौन से थे?
(क) लोथल, धौलावीरा, रंगपुर
(ख) दिलमन, मागन, मेलूहा
(ग) नाल, बालाकोट, झोब
(घ) उपर्युक्त कोई नहीं

413. मेसोपोटामिया सभ्यता के किन प्रमुख स्थलों से हड़प्पन मोहरें पाई गई हैं, जो इस बात का संकेत देती हैं कि पाँच हजार ई.पू. में सैंधवों का विदेशी व्यापार मेसोपोटामिया से होता था?
(क) सूसा, ऊट, ऊर, किश
(ख) बहरीन अबकाद
(ग) निप्पुर निनवेह
(घ) कोई नहीं

414. किस पुरातत्त्ववेत्ता के अनुसार सैंधव सभ्यता लगभग पाँच हजार वर्ष पुरानी है?
(क) जॉन मार्शल (ख) व्हीलर
(ग) कनिंघम (घ) मजूमदार

415. उत्खननों से सैंधवों के कृषि कार्य करने के प्रमाण मिलते हैं। उनके कृषि उपकरण किस चीज के बने होते थे?
(क) पत्थर (ख) ताँबा
(ग) काँसा (घ) लोहा

416. सैंधव लोगों का पारलौकिक जीवन में भी विश्वास था। यह बात किन-किन प्रमाणों से सिद्ध होती है?
(क) कब्रों में शवों के साथ बरतन रखे जाते थे
(ख) कुछ कब्रों से दैनिक प्रयोग की वस्तुएँ मिलना
(ग) तांत्रिक विद्या से संबंधित सामग्री मिलना
(घ) उपर्युक्त सभी

उत्तर के लिए कृपया पृष्ठ सं. 191 देखें।

417. किस सैंधव स्थल से शवों को लकड़ी के ताबूत में रखकर दफनाएँ जाने के प्रमाण मिलते हैं?

(क) लोथल (ख) हड़प्पा

(ग) सनौली (घ) धौलावीरा

418. किस सैंधव स्थल से पशुपति शिव की मूर्ति से युक्त एक मोहर मिली है, जो कि सैंधव सभ्यता की प्रमुख पहचान है?

(क) मोहनजोदड़ो (ख) रंगपुर

(ग) भगतराव (घ) कुणाल

419. कौन-कौन से पुरातात्त्विक प्रमाणों के आधार पर कहा जा सकता है कि सैंधव समाज में नारियों को सम्मान की दृष्टि से देखा जाता था?

(क) कांस्य की नर्तकी मिलने से

(ख) लगभग सभी पुरास्थलों से नारी मृणमूर्तियों के मिलने से

(ग) मातृ देवियों की पूजा करने से

(घ) उपर्युक्त सभी

420. किस सैंधव स्थल की खुदाई से पंद्रह (15) कमरोंवाला एक विशाल मकान मिला है?

(क) अतरंजीखेड़ा

(ख) भगवानपुरा

(ग) मेरठ

(घ) आलमगीरपुर

421. किस पुरातत्त्व की खुदाई से सिद्ध होता है कि आर्य लोग 1200 ई.पू. के आसपास लोहे की धातु से परिचित थे?

(क) अतरंजीखेड़ा

(ख) हस्तिनापुर

(ग) आलमगीरपुर

(घ) हुलास

उत्तर के लिए कृपया पृष्ठ सं. 191 देखें।

422. कौन-कौन सी सामग्री के आधार पर हमें वैदिक सभ्यता की जानकारी प्राप्त होती है?

(क) चित्रित धूसर मृदभांड (PGW)

(ख) वैदिक साहित्य

(ग) लोहे के हथियार

(घ) उपर्युक्त सभी

423. उत्खननों से पता चलता है कि उत्तर वैदिक काल में निम्न कौन से मृदभांडों का प्रयोग किया जाता था?

(क) पीजीडब्ल्यू

(ख) एनबीपीडब्ल्यू

(ग) रेड एंड ब्लैक वार

(घ) कोई नहीं

424. पुरातत्त्वविद् चित्रित धूसर मृदभांड (PGW) का संबंध किस काल से मानते हैं?

(क) सैंधव काल (ख) वैदिक काल

(ग) शुंग काल (घ) कुषाण काल

425. फतेहपुर सीकरी के उत्खनन से प्राप्त पुरासंपदाओं में सर्वाधिक महत्त्वपूर्ण प्रतिमा किसकी है?

(क) महावीर स्वामी (ख) जैन श्रुत देवी सरस्वती

(ग) ऋषभनाथ (घ) संभवनाथ

426. पुरातत्त्ववेत्ताओं ने साक्ष्यों के आधार पर माना है कि जैन धर्म का उद्भव प्रागैतिहासिक काल में हो चुका था। इस बात की पुष्टि के कौन से प्रमाण हैं?

(क) हड़प्पा तथा मोहनजोदड़ो से मिली नग्न योगी की मूर्तियाँ

(ख) ऋषभ देव के चिह्न बैल का मुद्राओं पर मिलना

(ग) पुरास्थलों से मिली नग्न मूर्तियों का संबंध ऋषभ देव से मानकर

(घ) उपर्युक्त सभी

उत्तर के लिए कृपया पृष्ठ सं. 191 देखें।

427. जैन प्रतिमा-विज्ञान में मांगलिक स्वप्नों की संख्या कितनी होती है?

(क) 14 (ख) 16

(ग) 18 (घ) 20

428. जैन धर्म में कालचक्र का विभाजन कौन-कौन से युगों में किया जाता है?

(क) उत्सर्पिणी (ख) अवसर्पिणी

(ग) दोनों (घ) कोई नहीं

429. शिल्प तथा साहित्यिक दोनों ही दृष्टियों से किन चार तीर्थंकरों की प्रतिष्ठा सबसे ज्यादा मानी जाती है?

(क) ऋषभनाथ (ख) नेमिनाथ

(ग) पार्श्वनाथ (घ) महावीर स्वामी

(ङ) उपर्युक्त सभी

430. साहित्यिक तथा पुरातात्त्विक स्रोतों के आधार पर कौन सा एक जैन धर्म का स्तूप माना जाता है?

(क) कंकाली टीला (मथुरा)

(ख) साँची स्तूप (मध्य प्रदेश)

(ग) धर्मरजिका स्तूप (तक्षशिला)

(घ) कोई नहीं

431. स्रोतों के आधार पर यह माना जाता है कि महावीर स्वामी की मूर्ति उनके जीवनकाल में ही बनी थी। इस मूर्ति को किस नाम से जाना जाता है?

(क) जीवंत-स्वामी मूर्ति (ख) जिन-मूर्ति

(ग) बाहुबलि मूर्ति (घ) दिग्पाल मूर्ति

432. प्रतिमा-विज्ञान के अनुसार सभी जैन तीर्थंकरों की मूर्तियाँ किन मुद्राओं में प्राप्त होती हैं?

(क) कायोत्सर्ग (खड़ी) (ख) पद्मासन (बैठी)

(ग) दोनों (घ) कोई नहीं

उत्तर के लिए कृपया पृष्ठ सं. 191 देखें।

433. प्रतिमाशास्त्र के अनुसार कंधे पर झूलती हुई केशवराशि किस तीर्थंकर की मिलती है?

(क) ऋषभनाथ (ख) पार्श्वनाथ

(ग) मल्लिनाथ (ग) नेमिनाथ

434. प्रतिमाशास्त्र के अनुसार महात्मा बुद्ध की पहली मूर्ति गांधार कला शैली में निर्मित पेशावर के पास स्थित होती-मरदान से प्राप्त हुई है। इस मूर्ति की प्रमुख विशेषताएँ क्या हैं?

(क) महात्मा बुद्ध का चेहरा शुद्ध यूरोपियन है, जो कि ग्रीक देवता अपोलो जैसा है

(ख) बुद्ध के केश लहरिया ग्रीक तरीके से चोटी पर सजाए गए हैं

(ग) महात्मा बुद्ध ग्रीक दार्शनिकों की तरह से परिधान पहने हुए हैं

(घ) उपर्युक्त सभी

435. जैन धर्म में सभी तीर्थंकरों की मूर्ति निर्माण से पहले प्रतीक के रूप में आयागपटों की पूजा की जाती थी। अभी तक ज्ञात प्राचीनतम तीर्थंकर मूर्ति, जो कि मौर्यकाल में बनी है, कौन सी मानी जाती है?

(क) लोहानीपुर (पटना)

(ख) चौसा (राजस्थान)

(ग) कंकाली टीला (मथुरा)

(घ) उपर्युक्त कोई नहीं

436. बौद्धों द्वारा प्रतीक पूजा के बाद महात्मा बुन्द्र की मूर्ति का निर्माण किन कारणों से हुआ?

(क) बौद्धों की तृप्ति प्रतीक पूजा से न होना

(ख) बुद्ध को मानव रूप में देखने की इच्छा

(ग) अन्य देवताओं की मूर्तियों का निर्माण होना

(घ) उपर्युक्त सभी

उत्तर के लिए कृपया पृष्ठ सं. 191 देखें।

437. प्रतिमा निर्माण शास्त्र के अनुसार महात्मा बुद्ध की मूर्तियाँ किन-किन मुद्राओं में मिलती है?

(क) अभय मुद्रा

(ख) ध्यान मुद्रा

(ग) भूमि-स्पर्श मुद्रा

(घ) व्याख्यान तथा वरदमुद्रा

(ङ) उपर्युक्त सभी

438. अजंता, कार्ले, भाजा आदि अनेक स्थानों से हमें बौद्ध विहार मिलते हैं। उन विहारों को बनाने का क्या प्रयोजन होता था?

(क) वर्षा काल (Rainy Season) में बौद्ध भिक्षु-भिक्षुणियों के निवास हेतु

(ख) ये विहार बौद्ध धर्म के प्रचार-प्रसार के केंद्र थे

(ग) भिक्षु-भिक्षुणियों के साधना करने के केंद्र थे

(घ) उपर्युक्त सभी

439. ज्ञान या संबोधि प्राप्त होने से पहले महात्मा बुद्ध की क्या संज्ञा थी?

(क) राजकुमार (ख) सिद्धार्थ

(ग) बोधिसत्त्व (घ) बुद्ध

440. महात्मा बुद्ध के अनुसार कौन-से चार प्रकार के लोग स्तूप बनाए जाने के योग्य होते हैं?

(क) बुद्ध या तथागत (ख) बौधिसत्त्व

(ग) तथागत का शिष्य (घ) चक्रवर्ती सम्राट्

(ङ) उपर्युक्त सभी

441. स्तूप को कौन-से चार भागों में बाँटा जाता है?

(क) शारीरिक (ख) पारिभोगिक

(ग) उद्देशिका (घ) पूजा संबंधी

(ङ) उपर्युक्त सभी

उत्तर के लिए कृपया पृष्ठ सं. 191 देखें।

442. स्तूप चार प्रकार के होते हैं। उनकी कौन-कौन सी विशेषताएँ होती हैं?

(क) शारीरिक स्तूप : बुद्ध तथा उसके शिष्यों के अवशेषों पर बने स्तूप

(ख) पारिभोगिक स्तूप : बुद्ध द्वारा प्रयुक्त वस्तुओं पर बने स्तूप

(ग) उद्देशिका स्तूप : बुद्ध के जीवन की घटनाओं से संबंधित स्थलों पर बने स्तूप

(घ) पूजा संबंधी स्तूप : वे स्तूप, जो मनोकामना पूर्ण होने पर लोगों द्वारा बनवाए जाते थे

(ङ) उपर्युक्त सभी

443. माऊंट आबू स्थित जैन मंदिरों की कौन-कौन सी प्रमुख विशेषताएँ हैं?

(क) जैन मंदिरों का मुख चारों ओर होता है, अर्थात् चतुर्मुखी होते हैं

(ख) जैन मंदिर समूह में मिलते हैं

(ग) जैन मंदिरों के विस्तृत आँगन के चारों ओर छोटे-छोटे मंदिर होते हैं, जो स्तंभों पर आश्रित होते हैं

(घ) जैन मंदिरों में अलंकरण की प्रचुरता होती है

(ङ) उपर्युक्त सभी

444. ओडिशा (उड़ीसा) में कौन-कौन से प्रसिद्ध मंदिर हैं, जो भारतीय मंदिर स्थापत्य कला का सुंदर उदाहरण प्रस्तुत करते हैं?

(क) कोणार्क का सूर्य मंदिर

(ख) पुरी का जगन्नाथ मंदिर

(ग) भुवनेश्वर का लिंगराज मंदिर

(घ) भुवनेश्वर का परशुरामेश्वर तथा राजा-रानी मंदिर

(ङ) उपर्युक्त सभी

उत्तर के लिए कृपया पृष्ठ सं. 191 देखें।

445. कोणार्क के सूर्य मंदिर को एक अन्य किस नाम से भी जाना जाता है?

(क) सफेद पगौड़ा (ख) काला पगौड़ा

(ग) नीला पगौड़ा (घ) पीला पगौड़ा

446. पल्लव शासक वास्तुकला के महान् संरक्षक थे। इन्होंने चट्टानों को काटकर अनेक रथ-मंदिरों का निर्माण करवाया। पल्लव राजाओं द्वारा निर्मित मंदिरों की कौन-कौन सी प्रमुख शैलियाँ थीं?

(क) महेंद्र शैली (ख) मामल्ल शैली

(ग) राजसिंह शैली (घ) नरसिंह वर्मन शैली

(ङ) अपराजित शैली (च) उपर्युक्त सभी

447. पल्लव राजाओं द्वारा निर्मित महाबलिपुरम् का 'रथ मंदिर' भारत के किस राज्य में स्थित है?

(क) तमिलनाडु (ख) आंध्रप्रदेश

(ग) महाराष्ट्र (घ) केरल

448. महाबलिपुरम् के रथ मंदिर किनसे संबंधित माने जाते हैं?

(क) कौरवों (ख) पांडवों

(ग) पांचालों (घ) गांधारों

449. महाबलिपुरम् के रथ मंदिरों को अन्य किस नाम से भी जाना जाता है?

(क) पाँच पगौड़ा (ख) सात पगौड़ा

(ग) आठ पगौड़ा (घ) दस पगौड़ा

450. खजुराहो मंदिर किन राजाओं द्वारा निर्मित किए गए थे?

(क) चंदेलवंशी राजाओं द्वारा

(ख) चौहानवंशी राजाओं द्वारा

(ग) पाल राजाओं द्वारा

(घ) प्रतिहार राजाओं द्वारा

उत्तर के लिए कृपया पृष्ठ सं. 191 देखें।

451. माऊंट आबू के जैन मंदिर किस शैली में बनाए गए हैं?
(क) नागर शैली
(ख) द्राविड़ शैली
(ग) बेसर शैली
(घ) खोखर शैली

452. महाराष्ट्र में मुंबई (बंबई) के पास चालुक्यवंशी राजाओं द्वारा पर्वतों को काटकर कौन-से गुफा मंदिरों का निर्माण करवाया गया है?
(क) अजंता (ख) एलोरा
(ग) ऐलीफेंटा (घ) सभी का

453. अजंता तथा एलोरा में कौन-कौन से धर्मों से संबंधित चित्रकला तथा मूर्तिकला के प्रमाण मिलते हैं?
(क) बौद्ध धर्म
(ख) हिंदू धर्म
(ग) जैन धर्म
(घ) उपर्युक्त सभी

454. सैंधव घाटी की सभ्यता में मूर्ति निर्माण की कौन सी शैलियाँ प्रचलित थीं?
(क) पत्थर का तक्षण करके
(ख) धातुओं को ढालकर
(ग) ठप्पा लगाकर
(घ) हाथ से मिट्टी की मूर्ति बनाकर
(ङ) उपर्युक्त सभी

455. हमारे देश में शिव-पूजा की परंपरा सैंधव काल से ही चली आ रही है, लेकिन एकमुखी एवं चतुर्मुखी शिवलिंग किस काल में बनने शुरू हुए थे?
(क) सैंधव काल (ख) मौर्य काल
(ग) कुषाण काल (घ) गुप्त काल

उत्तर के लिए कृपया पृष्ठ सं. 191 देखें।

456. दक्षिण भारत की मंदिर निर्माण शैली को 'द्राविड़ शैली' कहा जाता है। इस शैली के अंतर्गत कौन से प्रसिद्ध मंदिर बनाए गए?

(क) तंजौर में चोल राजाओं द्वारा निर्मित

(ख) मथुरा (मदुरै) में पांडय राजाओं द्वारा बनाए मंदिर

(ग) कांची में पल्लव राजाओं द्वारा बनाए गए मंदिर

(घ) उपर्युक्त सभी

457. ओडिशा (उड़ीसा) के मंदिर कौन सी शैलियों में बनाए गए हैं?

(क) रेखा देऊल (ख) पीढ़ा देऊल

(ग) खोखर शैली (घ) उपर्युक्त सभी

458. गुप्तकालीन मंदिर निर्माण कला की क्या-क्या प्रमुख विशेषताएँ थीं?

(क) गुप्तकालीन मंदिरों के निर्माण में ईंट-पत्थर का प्रयोग

(ख) मंदिर निर्माण एक ऊँचे चबूतरे पर होना

(ग) मंदिर के चारों ओर सीढ़ियाँ बनी होना

(घ) मंदिर में शिखर तथा गर्भगृह होना

(ङ) मंदिरों के स्तंभों पर बेल-बूटे खुदे रहना

(च) उपर्युक्त सभी

459. मंदिर स्थापत्य कला के इतिहास में किस गुप्तकालीन मंदिर को सबसे प्राचीन माना गया है?

(क) देवगढ़ का दशावतार मंदिर

(ख) एरण का विष्णु मंदिर

(ग) नचनाकुठार का पार्वती मंदिर

(घ) भीतर गाँव का मंदिर

460. मकरवाहिनी गंगा तथा कच्छपवाहिनी यमुना आदि नदी देवियों का अंकन पहली बार किस काल के मंदिरों में देखने को मिलता है?

(क) मौर्य काल (ख) गुप्त काल

(ग) शुंग-कुषाण काल (घ) कोई नहीं

उत्तर के लिए कृपया पृष्ठ सं. 191 व 192 देखें।

461. गुप्तकालीन धातु कला भी अपने चरमोत्कर्ष पर पहुँच चुकी थी। इस बात की पुष्टि के लिए कौन से प्रमाण मौजूद हैं?

(क) महरौली लौहस्तंभ

(ख) सोने-चाँदी तथा ताँबे के सिक्के

(ग) सुल्तानगंज की बुद्ध मूर्ति

(ग) नालंदा की ताँबे की बुद्ध मूर्ति

(ङ) उपर्युक्त सभी

462. चंद्रगुप्त विक्रमादित्य द्वारा निर्मित उदयगिरि की गुफाओं में कौन-कौन सी गुप्तकालीन मूर्तियाँ मिलती हैं?

(क) पृथ्वी का उद्धार करती वराह मूर्ति

(ख) चतुर्भुजी विष्णु की मूर्ति

(ग) अष्टभुजी महिषासुरमर्दिनी की मूर्ति

(घ) उपर्युक्त सभी

463. गुप्त राजा वैष्णव धर्म के अनुयायी थे, लेकिन वे धार्मिक सहिष्णुता की नीति में विश्वास रखते थे। वैष्णव धर्म के अलावा गुप्तकाल में किन-किन प्रमुख देवी-देवताओं की मूर्तियाँ बनाई गई थीं?

(क) सूर्य (ख) कार्तिकेय

(ग) शिव (घ) बौद्ध तथा जैन मूर्तियाँ

(ङ) उपर्युक्त सभी

464. गुप्तकालीन मूर्तिकला की क्या-क्या प्रमुख विशेषताएँ मानी जाती हैं?

(क) विदेशी प्रभाव से मुक्त होना

(ख) मूर्तियों में धार्मिकता एवं आध्यात्मिकता का होना

(ग) सुंदर अलंकरण एवं वस्त्रांकन

(घ) बलिष्ठ शरीर, कुंचित केश एवं उष्णीश

(ङ) उपर्युक्त सभी

उत्तर के लिए कृपया पृष्ठ सं. 192 देखें।

465. भारतीय इतिहास के किन दृष्टिकोणों से गुप्तकाल को स्वर्ण-युग माना जाता है?

(क) कला एवं वास्तुकला

(ख) साहित्य एवं संस्कृति

(ग) स्थापत्य एवं मुद्रा कला

(घ) उपर्युक्त सभी

466. प्रतिमाशास्त्र के अनुसार गुप्तकाल में पहली बार किन-किन पौराणिक देवी-देवताओं की मूर्तियाँ बनाई गई थीं?

(क) शिव-पार्वती

(ख) विष्णु-लक्ष्मी

(ग) गंगा-यमुना

(घ) उपर्युक्त सभी

467. गुप्तकाल में किन तीन प्रकार की मूर्तियों का निर्माण किया गया था?

(क) पत्थर की (ख) धातु की

(ग) मिट्टी की (घ) उपर्युक्त सभी

468. गुप्तकालीन मूर्तियों के निर्माण के कौन-कौन से प्रमुख केंद्र थे?

(क) मथुरा

(ख) पाटलिपुत्र

(ग) सारनाथ

(घ) उपर्युक्त सभी

469. गुप्तकालीन किस मंदिर से विष्णु भगवान् के दश अवतारों की मूर्तियाँ प्राप्त होती हैं?

(क) देवगढ़ का दशावतार मंदिर

(ख) भूमरा का शिव मंदिर

(ग) तिगाँवा का विष्णु मंदिर

(घ) नचनाकुठार का पार्वती मंदिर

उत्तर के लिए कृपया पृष्ठ सं. 192 देखें।

470. पुरातत्त्ववेत्ताओं की दृष्टि में कौन सा सबसे प्राचीन स्तूप है, जिसका निर्माण पाँचवीं सदी ई.पू. में हुआ था? यह स्तूप ईंटों का बना है तथा इसमें शाक्यों (गणराज्य) ने महात्मा बुद्ध के पवित्र अवशेषों को रखा था?

(क) नेपाल के पास पीपरवा स्तूप

(ख) मध्यप्रदेश स्थित साँची स्तूप

(ग) उत्तर प्रदेश स्थित सारनाथ स्तूप

(घ) उपर्युक्त कोई नहीं

471. महात्मा बुद्ध के देहावसान के बाद उनके अस्थि अवशेषों की प्राप्ति के लिए तत्कालीन बुद्ध के अनुयायी शासकों में झगड़ा हो गया, लेकिन एक ब्राह्मण विद्वान् द्रोण ने अस्थि-अवशेषों को सभी में समान रूप से बाँट दिया। महात्मा बुद्ध के अस्थि-अवशेषों पर कौन-कौन से आठ स्तूप बनाए गए थे?

(क) राजगृह, कपिलवस्तु, वैशाली

(ख) मल्लकप्पा, रामग्राम, वेथदिप

(ग) पावा और कुशीनगर

(घ) उपर्युक्त सभी

472. 'महावंश' नामक बौद्ध ग्रंथ से पता चलता है कि सम्राट् अशोक ने अपने समय से पहले के बने हुए स्तूपों से भगवान बुद्ध के अवशेषों को निकालकर उन पर देश के विभिन्न भागों में कितने स्तूपों का निर्माण करवाया था?

(क) 80,000

(ख) 82,000

(ग) 84,000

(घ) 90,000

उत्तर के लिए कृपया पृष्ठ सं. 192 देखें।

473. मथुरा के कंकाली टीले से प्राप्त जैन मूर्तियाँ कितनी मुद्राओं में मिलती हैं?

(क) खड़ी मूर्तियाँ (कायोत्सर्ग)

(ख) बैठी मूर्तियाँ (पदमासन)

(ग) सर्वतोभद्रिका (खड़ी चौमुखे मूर्तियाँ)

(घ) सर्वतोभद्रिका (बैठी चौमुखी मूर्तियाँ)

(ङ) उपरोक्त सभी

474. भारत में मूर्ति पूजा से पहले प्रतीक पूजा प्रचलित थी। बौद्ध धर्म में बुद्ध मूर्ति के निर्माण से पहले कौन-कौन से प्रतीकों की पूजा की जाती थी?

(क) महात्मा बुद्ध के जन्म का प्रतीक–हाथी

(ख) ज्ञान प्राप्ति का प्रतीक–बोधि वृक्ष

(ग) धर्मचक्र प्रर्वतन का प्रतीक–चक्र

(घ) परिनिर्वाण का प्रतीक–स्तूप

(ङ) उपर्युक्त सभी

475. महात्मा बुद्ध तथा बोधिसत्त्वों के अस्थि अवशेषों को किस के अंदर रखा जाता था?

(क) स्तूपों के अंदर (ख) चैत्यों के अंदर

(ग) विहारों के अंदर (घ) मंदिरों के अंदर

476. मूर्ति निर्माणकला की मथुरा शैली की प्रमुख विशेषताएँ क्या-क्या हैं?

(क) इस शैली की मूर्तियाँ सफेद तथा लाल चित्तीदार पत्थर की बनी हुई हैं

(ख) इस शैली में मुख के पीछे प्रभामंडल दिखाई देता है

(ग) इस शैली की मूर्तियाँ वस्त्रविहीन बनाई गई हैं

(घ) उपरोक्त सभी

उत्तर के लिए कृपया पृष्ठ सं. 192 देखें।

477. महात्मा बुद्ध की प्रथम मूर्ति किस शैली में बनी हुई मानी जाती है?

(क) गाधार शैली (ख) मथुरा शैली

(ग) अमरावती शैली (घ) आंध्र शैली

478. पुराविदों के अनुसार महात्मा बुद्ध की पहली मूर्ति कहाँ पर बनाई गई थी?

(क) होती मरदान (पेशावर)

(ख) सिंध

(ग) मुलतान

(घ) मथुरा

479. निम्न किस स्थल से सर्वाधिक जैन मूर्तियाँ प्राप्त हुई हैं?

(क) मथुरा (ख) वृंदावन

(ग) आगरा (घ) माऊंट आबू

480. गुप्तकाल में जैन भिक्षुओं के लिए कौन-कौन सी गुफाओं का निर्माण करवाया गया था?

(क) उदयगिरि (ख) खंडगिरि

(ग) दोनों (घ) कोई नहीं

481. कुषाण वंश के शासक कनिष्क द्वारा बनवाई गई इमारतों में सबसे महत्त्वपूर्ण कौन सी है?

(क) पेशावर का स्तूप (ख) धर्मरजिका स्तूप

(ग) साँची स्तूप (घ) अमरावती स्तूप

482. प्रतिमाशास्त्र के अनुसार गांधार कला शैली की प्रमुख विशेषताएँ कौन-कौन सी होती हैं?

(क) यह भारतीय तथा यूनानी दोनों कलाओं का मिश्रण है

(ख) इसमें मानव शरीर का यथार्थ एवं सूक्ष्म अंकन है

(ग) इस कला शैली में वस्त्र-विन्यास व केश-विन्यास यूनानी है

(घ) इस शैली की मूर्तियाँ बहुत ज्यादा अलंकृत हैं

(ङ) उपर्युक्त सभी

उत्तर के लिए कृपया पृष्ठ सं. 192 देखें।

483. मथुरा कला शैली को धार्मिक सहिष्णु माना जाता है। इस कला शैली में किन-किन धर्मों की मूर्तियाँ निर्मित हुई हैं?

(क) ब्राह्मण धर्म (ख) जैन धर्म

(ग) बौद्ध धर्म (घ) उपरोक्त सभी

484. प्रतिमाशास्त्र के अनुसार गांधार कला शैली में कौन-कौन सी प्रमुख मूर्तियाँ बनाई गई थीं?

(क) महात्मा बुद्ध और उनके जीवन की प्रमुख घटनाएँ

(ख) बोधिसत्वों एवं शाल भंजिकाओं की मूर्तियाँ

(ग) जातक कथाओं के दृश्य

(घ) यूनानी तथा भारतीय देवी-देवताओं की मूर्तियाँ

(ङ) उपरोक्त सभी

485. तक्षशिला (पाकिस्तान) में गांधार कला शैली के तीन प्रमुख स्थल कौन-से थे?

(क) भीर (ख) सिरकप

(ग) सिरमुख (घ) उपरोक्त तीनों

486. अफगानिस्तान में स्थित बामियान घाटी को काटकर बनाई गई दो बुद्ध मूर्तियाँ (अब मौजूद नहीं हैं, क्योंकि तालिबान द्वारा नष्ट कर दी गई हैं) मूर्तिकला की किस शैली में बनाई गई थीं?

(क) मथुरा कला शैली (ख) गांधार कला शैली

(ग) आंध्र कला शैली (घ) अमरावती कला शैली

487. किन-किन पुरातात्त्विक पुरावशेषों से पता चलता है कि आदिमानव में भी कला चेतना जाग्रत् हो चुकी थी?

(क) भीम बेटका एवं जोगीमारा की गुफाएँ

(ख) लास्को गुफाएँ

(ग) अल्तमीरा गुफाएँ

(घ) उपरोक्त सभी

उत्तर के लिए कृपया पृष्ठ सं. 192 देखें।

488. भारतीय कला की प्रेरणा मुख्यतः किसको माना जाता है?

(क) धर्म (ख) अर्थ

(ग) काम (घ) मोक्ष

489. भारतीय कला पर किन-किन धर्मों का प्रभाव देखने को मिलता है?

(क) जैन धर्म (ख) बौद्ध धर्म

(ग) ब्राह्मण धर्म (घ) उपरोक्त सभी

490. विभिन्न पुरास्थलों से प्राप्त हड़प्पन लोगों के आभूषण किन-किन धातुओं से बने होते थे?

(क) सोना (ख) चाँदी

(ग) ताँबा (घ) पकी मिट्टी

(ङ) अर्द्ध कीमती पत्थर (च) उपरोक्त सभी

491. भारतीय पुरातत्त्व की दृष्टि में स्थापत्य के इतिहास में सबसे प्राचीन कौन सा भवन माना गया है?

(क) मोहनजोदड़ो का विशाल स्नानागार

(ख) मौर्यकालीन स्तूप एवं चैत्य

(ग) कुम्हार का मौर्य सभा भवन

(घ) बराबर एवं नागार्जुनी गुफाएँ

492. मौर्यकालीन गुफाओं में सर्वाधिक महत्त्वपूर्ण गुफा कौन सी मानी जाती है?

(क) लोमश ऋषि गुफा (पॉलिशिंग का उत्कृष्ट उदाहरण)

(ख) सुदामा गुफा

(ग) कर्ण चौपाल

(घ) गोपी गुफा

493. भारतीय कला के इतिहास में 'स्तूप विहार एवं चैत्य' किस धर्म से संबंधित माने जाते हैं?

(क) बौद्ध धर्म (ख) ब्राह्मण धर्म

(ग) मुस्लिम धर्म (घ) कोई नहीं

उत्तर के लिए कृपया पृष्ठ सं. 192 देखें।

494. मौर्यकालीन स्तूपों में सबसे महत्त्वपूर्ण स्तूप कौन सा माना गया है?
(क) साँची स्तूप (ख) सारनाथ स्तूप
(ग) धर्मरजिका स्तूप (घ) भरहुत स्तूप

495. मौर्यकालीन मूर्तियों में सबसे विशिष्ट कौन सी मूर्ति मानी जाती है?
(क) परखम से प्राप्त यक्ष मूर्ति
(ख) रामपुरवा से प्राप्त बैल
(ग) यक्षिणी मूर्ति
(घ) उपरोक्त कोई नहीं

496. मौर्यकाल की सर्वोत्कृष्ट कृति, जिसे मूर्तिकला का नया नमूना माना जाता है, किसे माना गया है?
(क) दीदारगंज की यक्षिणी
(ख) परखम का यक्ष
(ग) बुलंदीबाग की नारी मूर्ति
(घ) रामपुरवा बैल

497. हमारे देश का राष्ट्रीय चिह्न सम्राट् अशोक के किस स्तंभ से लिया गया है, जिसके शीर्ष पर चार सिंहों की मूर्ति है, लेकिन दिखाई सिर्फ तीन ही देते हैं?
(क) सारनाथ स्तंभ
(ख) रामपुरवा स्तंभ
(ग) लौरियानंदगढ़ स्तंभ
(घ) उपरोक्त कोई नहीं

498. सम्राट् अशोक का कौन सा स्तंभ नेपाल की तराई में स्थित है, जहाँ पर महात्मा बुद्ध का जन्म हुआ था?
(क) रुमनदेई स्तंभ (ख) संकीसा स्तंभ
(ग) निगलीवा स्तंभ (घ) इलाहाबाद स्तंभ

उत्तर के लिए कृपया पृष्ठ सं. 192 देखें।

499. सम्राट् अशोक के लगभग सभी स्तंभों पर कौन-कौन से पशुओं की मूर्तियाँ मिलती हैं?

(क) अश्व (ख) सिंह

(ग) वृषभ (घ) गज

(ङ) उपरोक्त सभी

500. सम्राट् अशोक के स्तंभों को कौन-से तीन भागों में बाँटा गया है?

(क) भूमिगत भाग

(ख) स्तंभ का मध्य भाग

(ग) स्तंभ का ऊपर का शीर्ष भाग

(घ) उपरोक्त सभी

501. सम्राट् अशोक के स्तंभों के भूमिगत भाग पर किस पक्षी की आकृति मिलती है, जो कि मौर्य राज परंपरा का संकेत माना जाता है?

(क) हंस (ख) कोयल

(ग) मयूर (घ) बाज

502. मौर्यकालीन स्तंभों को बनाने में किस पत्थर का प्रयोग किया गया है?

(क) संगमरमर

(ख) लाल-चित्तीदार पत्थर

(ग) चुनार पत्थर

(घ) सफेद-बलुआ पत्थर

503. सम्राट् अशोक के सारनाथ स्तंभ में सिंहों के बीच में धर्मचक्र का सूचक एक चक्र है, जिसमें कितने आरे हैं?

(क) 32

(ख) 34

(ग) 36

(घ) 38

उत्तर के लिए कृपया पृष्ठ सं. 192 देखें।

504. ओडिशा (उड़ीसा) का प्रसिद्ध कोणार्क मंदिर किस शासक द्वारा कब बनवाया गया था?
(क) गंग राजा नरसिंह वर्मन द्वारा 1278 ई. में
(ख) कृष्ण देव वर्मन द्वारा 1290 ई. में
(ग) चोल राजा राजेंद्र प्रथम द्वारा 1550 ई. में
(घ) कृष्णदेव राय द्वारा 1530 ई. में

505. मौर्यकालीन वास्तुकला तथा मूर्तिकला की सबसे उत्कृष्ट विशेषता क्या मानी जाती है?
(क) शिल्प (ख) मौर्यकालीन पॉलिश
(ग) पशु आकृतियाँ (घ) कोई नहीं

506. प्रथम सदी में कुषाण काल में भारत में मूर्तिकला की एक नई शैली विकसित हुई, जिसको गांधार कला शैली कहा जाता है। यह गांधार प्रदेश किन नदियों को द्रोणियों (द्रोणियों) में स्थित है?
(क) स्वात (ख) काबुल
(ग) सिंधु (घ) उपरोक्त सभी

507. गांधार प्रदेश में किन कलाकारों ने अपनी उत्कृष्ट शैली से भारतीय विषयों तथा प्रतीकों का कलात्मक रूपांकन किया है?
(क) यूनानी कलाकार (ख) भारतीय कलाकार
(ग) चीनी कलाकार (घ) अंग्रेज कलाकार

508. सम्राट् अशोक तथा उनके वंशज दशरथ ने विभिन्न संप्रदायों के भिक्षुओं के लिए कौन-कौन सी गुफाओं का निर्माण करवाया था?
(क) सुदामा गुफा (ख) कर्ण-चौपाल गुफा
(ग) लोमश ऋषि गुफा (घ) उपर्युक्त सभी

509. मौर्यकाल में भारतीय स्तंभ निर्माण कला अपनी पराकाष्ठा पर पहुँच चुकी थी। इस बात की पुष्टि कौन-कौन से मौर्यकालीन स्तंभों से होती है?
(क) लौरियानंद गढ़ स्तंभ (ख) सारनाथ स्तंभ
(ग) रामपुरवा स्तंभ (घ) उपर्युक्त सभी

उत्तर के लिए कृपया पृष्ठ सं. 192 देखें।

510. कुषाणकाल में गांधार कला शैली विकसित हुई थी। यह गांधार प्रदेश किन-किन संस्कृतियों का संगम स्थल माना जाता है?

(क) भारतीय-चीनी (ख) ईरानी-यूनानी

(ग) रोमन-इटली (घ) उपर्युक्त सभी

511. चीनी यात्री फाहियान ने अपने ग्रंथ 'फी-यू-सी' में लिखा है तथा यह बात पुरातात्त्विक खुदाइयों से भी स्पष्ट हो चुकी है कि चंद्रगुप्त मौर्य तथा सम्राट् अशोक ने विशाल भवनों का निर्माण करवाया था। किन-किन स्थानों से मौर्यकालीन भवनों के पुरातात्त्विक प्रमाण मिलते हैं?

(क) सारनाथ तथा पाटलिपुत्र

(ख) बुलंदीबाग तथा कुम्हार

(ग) साँची तथा कालसी

(घ) उपर्युक्त कोई नहीं

512. बौद्ध साहित्य में उल्लेख मिलता है कि सम्राट् अशोक ने 84,000 स्तूपों का निर्माण करवाया था, हमें कौन से स्तूपों के पुरातात्त्विक प्रमाण मिलते हैं?

(क) साँची (ख) सारनाथ

(ग) भरहुत (घ) उपर्युक्त सभी

513. बौद्ध भिक्षु तथा भिक्षुणियों के चातुर्मास (Rainy season) में विश्राम करने के लिए सम्राट् अशोक तथा दशरथ ने किन पहाड़ियों में गुफाओं का निर्माण करवाया था?

(क) बाराबर तथा नागार्जुनी (ख) शिवालिक

(ग) त्रिकुटा (घ) कोई नहीं

514. चंद्रगुप्त मौर्य के भवन के पुरातात्त्विक प्रमाण कुम्हरार से मिलते हैं। इस पुरास्थल की खोज किस पुरातत्त्वविद् द्वारा की गई थी?

(क) अल्तेकर (ख) भंडारकर

(ग) व्हीलर (घ) कनिंघम

उत्तर के लिए कृपया पृष्ठ सं. 192 देखें।

515. निम्न में से किस काल में सर्वप्रथम शैलकृत गुफाओं का निर्माण हुआ था?

(क) शक-कुषाण काल (ख) मौर्य काल

(ग) गुप्त काल (घ) सातवाहन काल

516. चैत्य से क्या अभिप्राय है?

(क) क्रीड़ा स्थल (ख) पूजास्थल

(ग) सम्मेलन स्थल (घ) राजप्रासाद

517. पटना के समीप कुम्हरार नामक पुरास्थल से जो मौर्यकालीन राजप्रासाद मिला है, उसमें स्तंभों की संख्या कितनी पाई गई हैं?

(क) 70 स्तंभ (ख) 80 स्तंभ

(ग) 90 स्तंभ (घ) 100 स्तंभ

518. कौन से पुरास्थल की खुदाई से एक विशाल रोमन बस्ती के अवशेष मिले हैं?

(क) भड़ौच (ख) सोपारा

(ग) तेलंगाना (घ) अरिकामेड्डु

519. भूमरा का शिव मंदिर, तिगाँवा का विष्णु मंदिर तथा देवगढ़ का दशावतार मंदिर, भीतरगाँव का मंदिर, ये सभी भारत के सर्वाधिक प्राचीन मंदिर हैं तथा इनका निर्माण किस काल में हुआ माना जाता है?

(क) मौर्य काल (ख) कुषाण काल

(ग) गुप्त काल (घ) हर्ष काल

520. अजंता की गुफाओं में निम्न कौन सी गुफाएँ गुप्तकाल की मानी जाती हैं?

(क) 16–17वीं गुफा (ख) 14–15वीं गुफा

(ग) 18–19वीं गुफा (घ) कोई नहीं

521. 'मरणासन्न राजकुमारी' का चित्र अजंता की किस गुफा में है?

(क) 16वीं गुफा (ख) 17वीं गुफा

(ग) 18वीं गुफा (घ) 19वीं गुफा

उत्तर के लिए कृपया पृष्ठ सं. 192 देखें।

522. 'माता एवं शिशु' का आकर्षक चित्र अजंता की कौन सी गुफा में स्थित है?

(क) 17वीं गुफा (ख) 18वीं गुफा

(ग) 10वीं गुफा (घ) कोई नहीं

523. गुप्तकाल में मूर्ति निर्माण कला के कौन-कौन से प्रमुख केंद्र थे?

(क) पाटलिपुत्र (ख) मथुरा

(ग) सारनाथ (घ) उपर्युक्त सभी

524. अजंता के चित्रों के कौन-कौन से विषय हैं?

(क) प्राकृतिक दृश्य (ख) बुद्ध एवं बोधिसत्त्व

(ग) जातक कथाएँ (घ) उपर्युक्त सभी

525. प्रथम सदी में रोमन साम्राज्य के साथ किस वंश के शासकों के व्यापारिक संबंध थे, जिसके साहित्यिक एवं पुरातात्त्विक प्रमाण प्राप्त होते हैं?

(क) कुषाण वंश (ख) मौर्य वंश

(ग) गुप्त वंश (घ) सातवाहन

526. गुप्तकालीन मंदिर निर्माण कला का सर्वश्रेष्ठ उदाहरण कौन सा माना जाता है?

(क) नचनाकुठार मंदिर (ख) भीतरगाँव मंदिर

(ग) देवगढ़ मंदिर (घ) भूमरा मंदिर

527. श्रीलंका के राजा मेघावर्मन ने किस भारतीय राजा से गया में बौद्ध मंदिर बनाने की अनुमति माँगी थी?

(क) अशोक (ख) कनिष्क

(ग) हुविष्क (घ) समुद्रगुप्त

528. गुप्तकालीन चित्रकला के सर्वश्रेष्ठ प्रमाण कहाँ पर देखने को मिलते हैं?

(क) अजंता एवं एलोरा (ख) ऐलीफेंटा

(ग) भीम बेटका (घ) उदयगिरि एवं खंडगिरि

उत्तर के लिए कृपया पृष्ठ सं. 193 देखें।

529. किस पुरास्थल से रोमन समुद्री देवता पॉसीडन की एक कांस्य प्रतिमा प्राप्त हुई है?
(क) महाराष्ट्र के कोल्हापुर से
(ख) गुजरात के बड़ौदा से
(ग) तमिलनाडु के ब्रह्मगिरि से
(घ) उपर्युक्त कोई नहीं

530. गुप्तकालीन कौन सा मंदिर ईंटों से बना हुआ है?
(क) भीतरगाँव मंदिर (ख) तिगाँवा मंदिर
(ग) भूमरा मंदिर (घ) दशावतार मंदिर

531. भारतीय मंदिरों में शिखर निर्माण करने की परंपरा किस काल की देन मानी जाती है?
(क) मौर्य काल (ख) कुषाण काल
(ग) गुप्त काल (घ) सातवाहन काल

532. प्राचीन भारत में मंदिर निर्माण की कौन-कौन सी शैलियाँ प्रचलित थीं?
(क) द्राविड़ शैली (ख) नागर शैली
(ग) बेसर शैली (घ) उपर्युक्त सभी

533. छठी सदी ई.पू. में सिक्कों के प्रचलन से पहले क्रय-विक्रय किस आधार पर होता था?
(क) कौड़ियों के द्वारा
(ख) सोने-चाँदी की मोहरों से
(ग) वस्तु विनिमय द्वारा
(घ) कोई नहीं

534. वैदिक काल में किस पशु को विनिमय का माध्यम बनाया गया था?
(क) गाय को (ख) बैल को
(ग) अश्व को (घ) हाथी को

उत्तर के लिए कृपया पृष्ठ सं. 193 देखें।

535. छठी सदी ई.पू. में हमारे देश में सिक्कों का प्रचलन शुरू हुआ था? इस तथ्य की पुष्टि पुरातात्त्विक साधनों के अलावा कौन-कौन से साहित्यिक स्रोतों से भी होती है?
(क) पाणिनी की अष्टाध्यायी
(ख) कौटिल्य का अर्थशास्त्र
(ग) मनुस्मृति एवं याज्ञवल्क्य स्मृति
(घ) उपरोक्त सभी

536. भारतीयों ने सिक्के बनाने में विदेशियों का अनुकरण नहीं किया था, बल्कि वह पूर्णतया भारतीय शैली थी। हमारे पास इस तथ्य की पुष्टि के कौन-कौन से साहित्यिक एवं पुरातात्त्विक प्रमाण हैं?
(क) विभिन्न साहित्यिक स्रोत
(ख) सैंधवों की पकी मिट्टी की मोहरें
(ग) तक्षशिला के राजा आंभी द्वारा सिकंदर को चाँदी के सिक्के भेंट करना
(घ) उपर्युक्त सभी

537. हमारे देश के आरंभिक सिक्कों को क्या कहा जाता है?
(क) आहत मुद्राएँ (ख) हिरण्यक मुद्राएँ
(ग) कार्षापण मुद्राएँ (घ) कोई नहीं

538. आहत मुद्राएँ (Runch Mark Coins) किस धातु की बनी होती थीं?
(क) चाँदी-ताँबा (ख) चाँदी-सोना
(ग) चाँदी आहत काँसा (घ) कोई नहीं

539. प्राचीन आहत मुद्राओं पर क्या अंकित होता था?
(क) लेख
(ख) मूर्तियाँ
(ग) विभिन्न प्रतीक चिह्न, जैसे–पर्वत, वृक्ष, पुष्प, पक्षी, ज्यामितीय चित्र
(घ) देवताओं के चित्र

उत्तर के लिए कृपया पृष्ठ सं. 193 देखें।

540. क्या किसी भी पुरास्थल के उत्खनन में सैंधव लोगों के सिक्के भी मिलते हैं?

(क) हाँ (ख) नहीं

(ग) कुछ एक (घ) उपरोक्त कोई नहीं

541. कौटिल्य के अर्थशास्त्र के अनुसार मौर्यकालीन टकसालों में बने सिक्कों को क्या कहा जाता था?

(क) पण-कार्षापण (ख) अर्द्धपण

(ग) पाद-अष्टपाद (घ) उपरोक्त सभी

542. वैदिककालीन सिक्कों के कोई पुरातात्त्विक प्रमाण नहीं मिलते, लेकिन वैदिक साहित्य में सोने-चाँदी के निश्चित तौल के टुकड़ों के लिए कौन से शब्द प्रयुक्त हुए हैं?

(क) शतमान (ख) कृष्णनल

(ग) निष्क (घ) उपरोक्त सभी

543. हमारे देश के छठी सदी ई.पू. के सबसे प्राचीन सिक्कों पर कौन-कौन से धार्मिक चिह्न मिलते हैं?

(क) ज्योतिर्लिंग (ख) स्वास्तिक

(ग) अग्निवेदी (घ) नंदीपद

(ङ) त्रिशूल (च) देवगृह

(छ) पूर्णकुंभ (ज) उपर्युक्त सभी

544. कौन से प्राचीन गणराज्य के सिक्कों पर देव सेनापति कार्तिकेय का अंकन मिलता है?

(क) यौद्धेय (ख) कुणिद

(ग) औदुंबर (घ) कोई नहीं

545. छठी सदी ई.पू. में औदुंबर गणराज्य के लोग शिव-भक्त थे, उनके सिक्कों पर क्या-क्या अंकित होता था?

(क) शिव और पार्वती (ख) शिव मंदिर

(ग) ध्वजयुक्त त्रिशूल (घ) उपरोक्त सभी

उत्तर के लिए कृपया पृष्ठ सं. 193 देखें।

546. मथुरा जनपद के सिक्कों पर किस वृक्ष के चिह्न मिलते हैं?

(क) कदंब वृक्ष (ख) पीपल वृक्ष

(ग) वटवृक्ष (घ) अशोक वृक्ष

547. पांचाल जनपद के सिक्कों पर कौन-कौन से देवी-देवताओं का अंकन मिलता है?

(क) भद्रा देवी (ख) फाल्गुनी देवी

(ग) इंद्र देवता (घ) उपरोक्त सभी

548. वत्स जनपद का प्रतीक चिह्न किस पशु को माना जाता है?

(क) बछड़ा (ख) घोड़ा

(ग) भैंस (घ) कुत्ता

549. सातवाहन राजाओं के सिक्कों पर कौन से चार प्रमुख पशुओं का अंकन मिलता है?

(क) हाथी (ख) सिंह

(ग) अश्व (घ) वृषभ

(ङ) उपरोक्त सभी

550. पहली बार कौन से कुषाण शासक की मुद्राओं पर महात्मा बुद्ध की खड़ी अथवा बैठी हुई आकृतियाँ मिलती हैं?

(क) कनिष्क (ख) हुविष्क

(ग) कुजुल कदिफिसिस (घ) विम कदफिसिस

551. पहली बार किस राजवंश के सिक्कों पर अनेक देवियों जैसे कि लक्ष्मी, गंगा, यमुना, अंबिका आदि का अंकन मिलता है?

(क) मौर्य राजवंश (ख) कुषाण राजवंश

(ग) सातवाहन राजवंश (घ) गुप्त राजवंश

552. सातवाहन शासक अपनी माताओं के प्रति विशेष आदर भाव रखते थे। उनके सिक्कों पर उनके क्या-क्या नाम अंकित मिलते हैं?

(क) कौशिकी पुत्र (ख) गौतमी पुत्र

(ग) वशिष्ठी पुत्र (घ) उपरोक्त सभी

उत्तर के लिए कृपया पृष्ठ सं. 193 देखें।

553. इंडो-ग्रीक, शक, कुषाण आदि राजाओं ने विदेशी होते हुए भी भारतीय संस्कृति को आत्मसात कर लिया था। उन राजाओं ने अपने सिक्कों पर कौन-से भारतीय नामों को अंकित करवाया था?

(क) वासुदेव (ख) रुद्रसेन

(ग) रुद्रसिंह (घ) जयदामा

(ङ) उपर्युक्त सभी

554. यूनानी शासक सिकंदर ने राजा पोरस पर विजय प्राप्त करने के बाद स्मारक स्वरूप चाँदी के सिक्के प्रचलित किए थे, जिन पर एक ओर सैनिक तथा दूसरी ओर युद्ध का दृश्य है। इस प्रकार के सिक्के क्या कहलाते थे?

(क) डेकादुख्म (दस दुख्म)

(ख) सप्तदुख्म

(ग) सिक्के

(घ) मुद्राएँ

555. इंडो-ग्रीक राजाओं ने सिक्कों पर कौन-कौन से यूनानी देवी-देवताओं के चित्र बनवाए थे?

(क) जीयस देशक्लोडा (ख) विष्णु पॉसीडायन अपोलो

(ग) नाइके पैलस (घ) उपरोक्त सभी

556. इंडो-ग्रीक राजा अगाथोक्लेज के अपने सिक्कों पर कौन से भारतीय देवी-देवताओं के चित्र मिलते हैं?

(क) शिव-पार्वती (ख) विष्णु लक्ष्मी

(ग) कृष्ण-बलराम (घ) उपरोक्त सभी

557. इंडो-ग्रीक राजा अगाथोक्लेज का एक सिक्का अइ-खानुम (अफगानिस्तान-रूस सीमा) से मिला है। उस सिक्के पर किन भारतीय देवताओं के मानवीय स्वरूप का प्राचीनतम अंकन है?

(क) कृष्ण-बलराम (ख) राधा-कृष्ण

(ग) सीता-राम (घ) विष्णु-लक्ष्मी

उत्तर के लिए कृपया पृष्ठ सं. 193 देखें।

558. इंडो-ग्रीक राजाओं के सिक्कों पर कौन-कौन सी लिपियों में लेख मिलते हैं?
(क) यूनानी (ख) ईरानी
(ग) खरोष्ठी (घ) प्राकृत
(ङ) उपरोक्त सभी

559. इंडो-ग्रीक राजाओं के सिक्कों पर कौन-से तीन शब्दों का उल्लेख सर्वाधिक हुआ है?
(क) बैसिलियस (ख) बैसाटोरस
(ग) ऐंटीयोकस (घ) उपरोक्त सभी

560. प्रथम सदी के कुषाणकालीन सिक्कों को क्या कहा जाता था?
(क) दीनार (ख) कार्षापण
(ग) शतमान (घ) पण

561. भारत में पहली बार सोने के सिक्के चलाने का श्रेय किस कुषाण शासक को जाता है?
(क) विम कदफिसिस (ख) कुजुल कदफिसिस
(ग) कनिष्क (घ) हुविष्क

562. विम कदफिसिस के सिक्कों पर किस भारतीय देवता का अंकन सर्वाधिक मिलता है?
(क) दुर्गा (ख) गणेश
(ग) शिव (घ) हनुमान

563. छठी सदी ई.पू. के कौन से महाजनपदों के सिक्के पर प्राचीन मंदिरों का अंकन मिलता है?
(क) तक्षशिला (ख) औदुंबर
(ग) त्रिगर्त (घ) उपरोक्त सभी

564. गुप्त राजाओं ने अपने सिक्कों पर कौन सी भाषा में लेख खुदवाए हैं?
(क) हिंदी (ख) पालि
(ग) संस्कृत (घ) पंजाबी

उत्तर के लिए कृपया पृष्ठ सं. 193 देखें।

565. किसी भी सिक्के की क्या-क्या प्रमुख विशेषताएँ होती हैं?
(क) वह निश्चित तौल का धातु का टुकड़ा होता है
(ख) उस पर राज्य तथा संस्था का चिह्न बना होता है
(ग) वह तौल तथा शुद्धता को प्रमाणित करता है
(घ) उपरोक्त सभी

566. सर्वाधिक स्वर्ण मुद्राएँ, जिनमें शुद्धता की मात्रा सर्वाधिक होती थी तथा कलात्मकता भी होती थी, किस वंश के शासकों द्वारा चलाई गई थी?
(क) मौर्य वंश (ख) गुप्त वंश
(ग) कुषाण वंश (घ) सातवाहन वंश

567. यौद्धेय गणराज्य के सिक्कों पर कौन-कौन से देवी-देवताओं का अंकन मिलता है?
(क) विष्णु-लक्ष्मी (ख) शिव-पार्वती
(ग) कार्तिकेय षष्टी (घ) सीता-राम

568. गुप्तवंश के कौन से प्रतापी शासक द्वारा सर्वप्रथम सोने का सिक्का चलाया गया था?
(क) श्रीगुप्त (ख) ये गुप्त
(ग) चंद्रगुप्त-I (घ) कुमारगुप्त

569. चंद्रगुप्त प्रथम ने एक प्रकार का सिक्का चलाया था, उस सिक्के को क्या नाम दिया गया है?
(क) राजारानी प्रकार (ख) अश्वमेध प्रकार
(ग) कृतांत परशु प्रकार (घ) सिंह-निहंता प्रकार

570. चंद्रगुप्त प्रथम के राजारानी प्रकार के सिक्के पर अग्रभाग पर किस रानी का नाम लिखा गया है?
(क) राधा देवी (ख) कुमार देवी
(ग) सीता देवी (घ) प्रभा देवी

उत्तर के लिए कृपया पृष्ठ सं. 193 देखें।

571. गुप्तवंश के शासक समुद्रगुप्त ने कितने प्रकार के सिक्के चलाए थे?

(क) चार (ख) पाँच

(ग) छह (घ) सात

572. गुप्तवंश के किस शासक ने सर्वाधिक प्रकार के सोने के सिक्के चलाए थे?

(क) काँचगुप्त (ख) घटोत्कच

(ग) कुमारगुप्त (घ) समुद्रगुप्त

573. चंद्रगुप्त द्वितीय द्वारा कितने प्रकार के सिक्के चलाए गए थे?

(क) सात (ख) आठ

(ग) दस (घ) नौ

574. कुमारगुप्त द्वारा चलाए गए कितने प्रकार के सिक्कों के पुरातात्त्विक प्रमाण मिलते हैं?

(क) 14 प्रकार (ख) 12 प्रकार

(ग) 10 प्रकार (घ) 11 प्रकार

575. गुप्त राजाओं में सबसे पहले चाँदी का सिक्का चलाने का श्रेय किस शासक को जाता है?

(क) चंद्रगुप्त प्रथम (ख) चंद्रगुप्त द्वितीय

(ग) कुमारगुप्त (घ) समुद्रगुप्त

576. गुप्त राजाओं के कौन सी धातुओं के सिक्कों के पुरातात्त्विक प्रमाण कम मिलते हैं?

(क) सोना-चाँदी (ख) चाँदी-ताँबा

(ग) पीतल-काँसा (घ) ताँबा-सीसा

577. सातवाहन राजाओं ने किस धातु के सिक्के सर्वप्रथम जारी किए थे?

(क) पोटीन (ख) चाँदी

(ग) सीसा (घ) ताँबा

उत्तर के लिए कृपया पृष्ठ सं. 193 देखें।

578. निम्नलिखित में से कौन एक रजत मुद्रा थी?

(क) सुवर्ण (ख) शतमान

(ख) निष्क (घ) कार्षापण

579. किस पुरास्थल के उत्खनन से ऐसे सिक्के प्राप्त हुए हैं, जिन पर 'निगम' शब्द लिखा मिलता है?

(क) तक्षशिला

(ख) विदिशा

(ग) कौशांबी

(घ) मथुरा

580. सर्वप्रथम हमें किस कुषाण वंश के शासक के सिक्कों पर वृषभ के साथ शिव का मूर्तरूप में अंकन मिलता है?

(क) कुजुल कदफिसिस

(ख) विम कदफिसिस

(ग) कनिष्क

(घ) हुविष्क

581. कुषाण वंश के किस शासक के केवल ताँबे के सिक्के ही प्राप्त हुए हैं तथा उन सिक्कों पर 'धर्मथिदस' उत्कीर्ण मिलता है?

(क) कुजुल कदफिसिस

(ख) विम कदफिसिस

(ग) कनिष्क

(घ) हुविष्क

582. गुप्तकालीन मुद्राओं पर अंकित 'श्रेष्ठ कुलिक निगम' नामक लेख से क्या अभिप्राय है?

(क) साहूकारों एवं शिल्पियों का निगम

(ख) व्यापारियों का निगम

(ग) कृषकों का निगम

(घ) प्रशासकों का निगम

उत्तर के लिए कृपया पृष्ठ सं. 193 देखें।

583. गुप्त वंश के किस शासक के सिक्कों से पता चलता है कि वह एक महान् गायक एवं वीणावादक था?
(क) समुद्रगुप्त (ख) चंद्रगुप्त द्वितीय
(ग) चंद्रगुप्त द्वितीय (घ) कुमारगुप्त

584. गुप्तकालीन सिक्के किस वंश के शासकों के सिक्कों का अनुसरण करके बनाए गए थे?
(क) कुषाण वंश (ख) यौद्धेय वंश
(ग) सातवाहन वंश (घ) कोई नहीं

585. मुद्राओं से किसी भी राजवंश की आर्थिक स्थिति का ज्ञान किस प्रकार होता है?
(क) स्वर्ण-मुद्राओं की अधिकता से आर्थिक समृद्धि का ज्ञान होता है
(ख) ताम्र-मुद्राओं से किसी भी राजवंश की कमजोर आर्थिक स्थिति का ज्ञान होता है
(ग) मुद्राओं से विभिन्न राजवंशों के अंतरराज्यीय व्यापारिक संबंधों की जानकारी होती है
(घ) उपर्युक्त सभी

586. मुद्राओं से धार्मिक जीवन की जानकारी किस आधार पर होती है?
(क) गुप्तकालीन मुद्राओं पर गरुड़ध्वज के अंकन से गुप्त शासकों के वैष्णव मतानुयायी होने का संकेत मिलता है
(ख) यौद्धेयों के सिक्कों पर कार्तिकेय के अंकन से पता चलता है कि वह यौद्धेयों का प्रमुख देवता था
(ग) कुषाणों के सिक्कों पर यूनानी, रोमन, हिंदू, बौद्ध देवताओं के अंकन से उनकी धार्मिक सहिष्णुता की नीति का ज्ञान होता है
(घ) उपरोक्त सभी

उत्तर के लिए कृपया पृष्ठ सं. 193 व 194 देखें।

587. सिक्कों से हमें प्राचीन राजवंशों के सामाजिक इतिहास की जानकारी किस प्रकार होती है?

(क) सिक्कों पर अंकित राजाओं के वस्त्राभूषण से उनके वस्त्रों और आभूषणों की जानकारी होती है

(ख) सिक्कों से हमें राजाओं की रुचियों; जैसे आखेट, वीणा-वादन, शरीर सौष्ठव आदि की जानकारी होती है

(ग) चंद्रगुप्त प्रथम के राजा-रानी प्रकार के सिक्कों से तत्कालीन विवाह-संस्कार के विषय में जानकारी मिलती है

(घ) उपर्युक्त सभी

588. गुप्तकालीन सिक्के क्या कहलाते थे?

(क) सोने का सिक्का–दीनार

(ख) चाँदी का सिक्का–रुपक

(ग) ताँबे का सिक्का–दाम

(घ) उपर्युक्त सभी

589. गुप्तकालीन समाज में छोटे क्रय-विक्रय के लिए लोग किसका प्रयोग सर्वाधिक करते थे?

(क) दीनार (ख) दाम

(ग) कौड़िया (घ) रुपया

590. उत्खननों में परवर्ती गुप्त शासकों के सोने के सिक्के बहुत कम मात्रा में मिलते हैं तथा इनकी शुद्धता भी बहुत कम है। इसके क्या कारण थे?

(क) व्यापार में कमी होना।

(ख) खानों से सोना कम निकलना।

(ग) आंतरिक विद्रोह होना।

(घ) हूणों तथा पुष्यमित्रों के आक्रमणों से देश की आर्थिक स्थिति कमजोर होना।

(ङ) उपरोक्त सभी।

उत्तर के लिए कृपया पृष्ठ सं. 194 देखें।

591. गुप्तकालीन सिक्कों को कौन-कौन से नामों से पुकारा जाता था?
(क) दीनार (ख) दाम
(ग) रुपक (घ) उपर्युक्त सभी

592. दिल्ली सल्तनत का वह कौन सा सुल्तान था, जिसने सिक्कों पर अपना उल्लेख खलीफा के प्रतिनिधि के रूप में करवाया था?
(क) बलबन
(ख) कुतुबुद्दीन ऐबक
(ग) इल्तुतमिश
(घ) रजिया सुल्ताना

593. सुल्तान इल्तुतमिश ने ग्वालियर विजय के बाद अपने सिक्कों पर अपनी कौन सी संतान का नाम अंकित करवाया था?
(क) रुकनुद्दीन (ख) बहरामशाह
(ग) रजिया सुल्ताना (घ) मसूदशाह

594. सल्तनत काल के दो महत्त्वपूर्ण सिक्के चाँदी का टका तथा ताँबे का जीतल किस सुल्तान द्वारा चलाए गए थे?
(क) अलाउद्दीन खिलजी (ख) बलबन
(ग) इल्तुतमिश (घ) सिकंदर लोधी

595. वह कौन सा तुर्क शासक था, जिसने सर्वप्रथम शुद्ध अरबी सिक्के चलाए थे?
(क) कुतुबुद्दीन ऐबक (ख) बलबन
(ग) इल्तुतमिश (घ) फिरोज तुगलक

596. दिल्ली सल्तनत के किस सुल्तान की सांकेतिक मुद्रा का प्रचलन (1330 ई. में) किया था?
(क) मुहम्मद तुगलक
(ख) फिरोज शाह तुगलक
(ग) ग्यासुद्दीन तुगलक
(घ) उपरोक्त कोई नहीं

उत्तर के लिए कृपया पृष्ठ सं. 194 देखें।

597. मुहम्मद तुगलक द्वारा सांकेतिक मुद्रा चलाए जाने के क्या कारण थे?
(क) विशाल सेना रखने का उद्देश्य
(ख) रिक्त राजकोष को भरने के लिए
(ग) सरकारी खजाने में वृद्धि करने के लिए
(घ) उपर्युक्त सभी

598. लोदी वंश के किस सुल्तान ने 'बहलोली' नामक सिक्के चलाए थे, जो अकबर से पहले तक विनिमय का माध्यम बने रहे थे?
(क) बहलोल लोदी (ख) सिकंदर लोदी
(ग) इब्राहीम लोदी (घ) उपरोक्त कोई नहीं

599. किस मुस्लिम आक्रमणकारी के सिक्कों के अग्रभाग पर उसका नाम तथा पृष्ठभाग पर देवी लक्ष्मी का चित्र मिलता है?
(क) मुहम्मद गजनवी (ख) मुहम्मद गोरी
(ग) नादिर शाह (घ) अहमदशाह अब्दाली

600. मुहम्मद-बिन-तुगलक ने किस नाम के सिक्के जारी किए थे?
(क) दीनार (ख) अदली
(ग) अट्का (घ) बिख

601. सल्तनत काल में ताँबे के सिक्कों को क्या कहा जाता था?
(क) पण (ख) रुपया
(ग) दिरहम (घ) दीनार

602. विजयनगर साम्राज्य का सर्वाधिक प्रसिद्ध तथा सम्मानित स्वर्ण सिक्का कौन सा था?
(क) वराह (ख) प्रताप
(ग) तार (घ) कोई नहीं

603. विजयनगर साम्राज्य के वराह नामक सिक्के को विदेशी यात्रियों ने अन्य किन-किन नामों से पुकारा है?
(क) हुण (ख) परदौस
(ग) पगोड़ा (घ) उपर्युक्त सभी

उत्तर के लिए कृपया पृष्ठ सं. 194 देखें।

604. सूरवंश के कौन-से शासक द्वारा मिली-जुली धातुओं के स्थान पर शुद्ध चाँदी का सिक्का चलाया गया था?
(क) शेरशाह सूरी
(ख) शेरशाह सूरी के दादाजी का नाम इब्राहीम सूर
(ग) हसन खाँ
(घ) कोई नहीं

605. मुगलकालीन सिक्के किन-किन धातुओं से निर्मित होते थे?
(क) सोना
(ख) चाँदी
(ग) ताँबा
(घ) उपर्युक्त सभी

606. मुगल वंश के संस्थापक बाबर के जो सिक्के प्राप्त हुए हैं, उन पर क्या-क्या अंकित मिलता है?
(क) कलमा
(ख) खलीफाओं के नाम
(ग) बाबर का नाम तथा उपाधि
(घ) उपर्युक्त सभी

607. बाबर ने काबुल तथा कंधार में चाँदी के जो सिक्के चलाए थे, उनके क्या नाम थे?
(क) शाहरुख (ख) बाबरी
(ग) दोनों (घ) कोई नहीं

608. शेरशाह सूरी ने शुद्ध चाँदी का सिक्का चलाया था, जिसे 'रुपया' कहा जाता था, लेकिन उसने ताँबे का भी एक सिक्का चलाया था, उसे क्या कहा जाता था?
(क) दाम (ख) पैसा
(ग) सिक्का (घ) कोई नहीं

उत्तर के लिए कृपया पृष्ठ सं. 194 देखें।

609. मुगलकालीन मुद्रा को एक व्यापक आधार प्रदान करने के लिए शहंशाह अकबर ने कब दिल्ली में एक 'शाही-टकसाल' बनवाई थी, जिसका प्रधान 'ख्वाजा अब्दुस्मद' को बनाया गया था?
(क) 1577 (ख) 1578
(ग) 1580 (घ) 1605

610. शहंशाह अकबर द्वारा चलाए गए सोने के सिक्कों को क्या कहा जाता था?
(क) मुहर (ख) शंसब
(ग) इलाही (घ) उपर्युक्त सभी

611. सम्राट् अकबर ने चाँदी का एक चौकोर या वर्गाकार सिक्का चलाया था, उसे क्या कहा जाता था?
(क) रुपया (ख) जलाली
(ग) दाम (ख) कौड़ी

612. शहंशाह अकबर ने ताँबे के जो सिक्के चलाए थे, उनको क्या कहा जाता था?
(क) दाम (ख) जीतल
(ग) दोनों (घ) कोई नहीं

613. शहंशाह अकबर ने अपने कुछ सिक्कों पर कौन से हिंदू देवताओं की मूर्ति अंकित करवाई थी?
(क) सीता-राम (ख) लक्ष्मी-विष्णु
(ग) शिव-पार्वती (घ) षष्टी-कार्तिकेय

614. जहाँगीर ने एक सिक्का चलाया था, जो रुपए के चौथाई मूल्य के बराबर होता था, उसे क्या कहा जाता है?
(क) दीनार (ख) निसार
(ग) मुहर (घ) रुपया

615. शाहजहाँ ने किस नाम से एक नए सिक्के का प्रचलन किया था?
(क) पैसा (ख) रुपया
(ग) मोहर (घ) आना

उत्तर के लिए कृपया पृष्ठ सं. 194 देखें।

616. मुगल वंश के कौन से शहंशाह के काल में सर्वाधिक रुपयों की ढुलाई हुई थी?
(क) बाबर (ख) अकबर
(ग) जहाँगीर (घ) औरंगजेब

617. मुगल वंश के कौन से बादशाह ने सिक्कों पर 'कलमा' लिखने की प्रथा को बंद कर दिया था?
(क) अकबर (ख) शाहजहाँ
(ग) औरंगजेब (घ) बहादुरशाह प्रथम

618. अबुल फजल के अनुसार शहंशाह अकबर के समय में सिक्के ढालने के लिए कितनी टकसालें थीं?
(क) सोने के सिक्के ढालने के लिए–4 टकसालें
(ख) चाँदी के सिक्के ढालने के लिए–14 टकसालें
(ग) ताँबे के सिक्के ढालने के लिए–42 टकसालें
(घ) उपर्युक्त सभी

619. मुगलवंश का वह कौन सा शहंशाह था, जिसके सिक्कों पर उसके साथ उसकी पत्नी का नाम भी अंकित किया जाता था?
(क) अकबर (ख) जहाँगीर
(ग) शाहजहाँ (घ) औरंगजेब

620. कौन से मुगल वंश के शासक के कुछ सिक्कों पर उसकी आकृति हाथ में शराब का प्याला लिये हुए अंकित है?
(क) शाहजहाँ (ख) जहाँगीर
(ग) औरंगजेब (घ) बहादुरशाह द्वितीय

621. कौन से महान् मुगल शासक के सिक्कों पर सूर्य तथा चंद्रमा की महिमा का वर्णन करनेवाले कुछ पद्य मिलते हैं?
(क) अकबर (ख) बाबर
(ग) हुमायूँ (घ) शाहजहाँ

उत्तर के लिए कृपया पृष्ठ सं. 194 देखें।

622. सम्राट् अकबर ने असीरगढ़ विजय की स्मृति में अपने सिक्कों पर किस पक्षी की आकृति अंकित करवाई थी?

(क) बाज (ख) कौआ

(ग) कोयल (घ) मैना

623. निम्नलिखित किस सल्तनतकालीन सुल्तान का कोई भी सिक्का नहीं मिला है?

(क) कुतुबुद्दीन ऐबक

(ख) बलबन

(ग) इल्तुतमिश

(घ) मुहम्मद तुगलक

624. सल्तनतकालीन किस सुल्तान को अद्धा एवं भीख नामक दो सिक्के चलाने का श्रेय जाता है?

(क) इल्तुतमिश

(ख) बलबन

(ग) मुहम्मद तुगलक

(घ) फिरोज तुगलक

625. दिल्ली सल्तनत के किस सुल्तान को अपने सिक्कों से खलीफा का नाम हटाने पर विरोध सहन करना पड़ा, जिसके परिणामस्वरूप उसे सिक्कों पर पुनः खलीफा का नाम खुदवाना पड़ा था?

(क) बलबन (ख) फिरोज तुगलक

(ग) मुहम्मद तुगलक (घ) इल्तुतमिश

626. रजिया सुल्ताना के सिक्कों पर उसका क्या नाम अंकित था?

(क) रजिया सुल्ताना

(ख) रजियत उद्दीन

(ग) रजियत-उच-नियाउद्दीन

(घ) कोई नहीं

उत्तर के लिए कृपया पृष्ठ सं. 194 देखें।

627. मुद्रा प्रणाली के क्षेत्र में सुल्तान इल्तुतमिश का क्या योगदान माना जाता है?

(क) वह पहला तुर्क शासक था, जिसने शुद्ध अरबी सिक्के चलाए थे

(ख) उसने चाँदी का टका तथा ताँबे का जीतल प्रचलित किया

(ग) खलीफाओं के नाम सिक्कों पर खुदवाए

(घ) उपर्युक्त सभी

628. भारत का वह कौन सा एकमात्र नवपाषाणिक पुरास्थल है, जहाँ से प्रचुर मात्रा में हड्डी के उपकरण प्राप्त हुए हैं?

(क) मेहरगढ़

(ख) चिराँद

(ग) बागोर

(घ) भीमबेटका

629. वह कौन सा स्थान है, जहाँ से सब से ज्यादा अभिलेख प्राप्त हुए हैं?

(क) नासिक (ख) मैसूर

(ग) जूनागढ़ (घ) सारनाथ

630. वह कौन सा पुरास्थल है, जहाँ से भारी मात्रा में कांस्य की वस्तुएँ प्राप्त होती हैं?

(क) दायमाबाद

(ख) आलमगीर

(ग) इनामगाँव

(घ) सोनगाँव

631. अब तक सैंधव सभ्यता के लगभग 350 स्थल प्रकाश (प्रकाश) में आ चुके हैं। अधिकांश पुरास्थल किस राज्य से प्राप्त हुए?

(क) उत्तर प्रदेश (ख) गुजरात

(ग) पंजाब (घ) हरियाणा

उत्तर के लिए कृपया पृष्ठ सं. 194 देखें।

632. सैंधव सभ्यता का विस्तार कहाँ से कहाँ तक माना गया है?
(क) उत्तर में मांडा (जम्मू-कश्मीर)
(ख) दक्षिण में दायमाबाद (महाराष्ट्र)
(ग) पूर्व में आलमगीर (उत्तर प्रदेश)
(घ) पश्चिम में सुकागेनडोर (पाकिस्तान, अफगानिस्तान बॉर्डर)
(ङ) उपर्युक्त सभी

633. भारत में हड़प्पा सभ्यता के कौन से दो स्थल सबसे विशाल माने गए हैं?
(क) लोथल, रंगपुर (ख) धौलावीरा, राखीगढ़ी
(ग) रोपड़, संघोल (घ) मीताथल, बनावली

634. लगभग सभी हड़प्पन पुरास्थल दो नगरों में विभाजित मिलते हैं। ऐसा कौन सा पुरास्थल है, जो तीन नगरों में विभाजित मिलता है?
(क) धौलावीरा (ख) बनावली
(ग) राखीगढ़ी (घ) लोथल

635. हड़प्पन लोगों की मुहरों पर सबसे ज्यादा अंकन किस पशु का मिलता है?
(क) बैल (ख) एक श्रृंगी पशु
(ग) घोड़ा (घ) बंदर

636. भारतीय संस्कृति का प्रमुख धार्मिक चिह्न कौन सा है, जो हड़प्पा संस्कृति की देन माना जाता है?
(क) स्वास्तिक चिह्न (ख) कमल
(ग) कलश (घ) आयागपट्ट

637. भारतीय समाज का वह प्रमुख पूजनीय देवता कौन सा है, जिसकी पूजा सैंधव लोग भी करते थे?
(क) गणेश (ख) शिव
(ग) विष्णु (घ) ब्रह्मा

उत्तर के लिए कृपया पृष्ठ सं. 194 देखें।

638. प्रतिमान विज्ञान शास्त्र के अनुसार अर्द्धनारीश्वर तथा त्रिमूर्ति (ब्रह्मा, विष्णु, महेश) किस काल में पहली बार बनाई गई थी?
(क) मौर्य काल (ख) शुंग काल
(ग) कुषाण काल (घ) गुप्त काल

639. भागवत धर्म से संबंधित प्रथम स्तंभ लेख कौन सा माना जाता है?
(क) बेसनगर का गरुड़ स्तंभ
(ख) इलाहाबाद स्तंभलेख
(ग) सारनाथ स्तंभलेख
(घ) गिरनार स्तंभलेख

640. ईरानी सम्राट् दारा प्रथम के कौन से अभिलेखों से पता चलता है कि उसने सैंधव नदी के तटवर्ती भागों पर अधिकार कर लिया था?
(क) बेहिस्तून
(ख) पर्सिपोलिस
(ग) नक्शेरुस्तम
(घ) उपरोक्त सभी

641. ''सभी मनुष्य मेरी संतान है और जैसे एक माँ अपनी संतान को एक कुशल धाय को सौंपकर निश्चिंत हो जाती है, उसी प्रकार लोगों के नैतिक उत्थान के लिए मैंने भी राजुकों की नियुक्ति की है।'', सम्राट् अशोक के ये शब्द किस शिलालेख पर मिलते हैं?
(क) प्रथम शिलालेख
(ख) द्वितीय शिलालेख
(ग) चतुर्थ शिलालेख
(घ) पंचम शिलालेख

642. मौर्यकालीन आहत मुद्राओं पर कौन-कौन से चिह्न मिलते हैं?
(क) मयूर (ख) पर्वत
(ग) अर्द्धचंद्र (घ) उपर्युक्त सभी

उत्तर के लिए कृपया पृष्ठ सं. 194 देखें।

643. कौटिल्य के अर्थशास्त्र से पता चलता है कि मुद्राओं का परीक्षण करने के लिए एक अधिकारी की नियुक्ति की जाती थी, उस अधिकारी को क्या कहा जाता था?

(क) लक्षणाध्यक्ष (ख) पण्याध्यक्ष

(ग) रूपदर्शक (घ) राजुक

644. कौन से अभिलेख में यह वर्णित है कि दुर्भिक्ष (अकाल) के समय राज्य द्वारा लोगों को अनाज बाँटा जाता था?

(क) सौहगोरा एवं महास्थान अभिलेख

(ख) रुम्निदेई अभिलेख

(ग) जूनागढ़ अभिलेख

(घ) कलिंग अभिलेख

645. पुरातात्त्विक स्रोतों के अलावा कौन से वेद में भी 'स्तूप' शब्द का उल्लेख मिलता है, जिसका शाब्दिक अर्थ होता है, ढेर या थुहा (थुहा)?

(क) ऋग्वेद (ख) सामवेद

(ग) यजुर्वेद (घ) अथर्ववेद

646. सम्राट् अशोक के अधिकांश अभिलेख कौन सी भाषा में लिखे गए हैं, जो कि तत्कालीन समय में जनसाधारण की भाषा थी?

(क) पालि (ख) प्राकृत

(ग) संस्कृत (घ) हिंदी

647. हमारे देश के राष्ट्रीय चिह्न सारनाथ स्तंभ पर चार सिंह पीठ सटाए बैठे हैं। ये बीच में एक चक्र भी धारण किए हुए हैं। यह चक्र किस चीज का प्रतीक माना जाता है?

(क) समय का प्रतीक

(ख) धर्म चक्र प्रवर्तन

(ग) गांधीजी का चरखा

(घ) गतिशीलता का प्रतीक

उत्तर के लिए कृपया पृष्ठ सं. 194 देखें।

648. पुरातात्त्विक दृष्टि से शुंगकालीन कला के सर्वश्रेष्ठ उदाहरण कौन से माने जाते हैं?

(क) विदिशा का गरुड़ ध्वज

(ख) भाजा, नासिक, कार्ले के चैत्य

(ग) मथुरा की अनेक यक्ष-यक्षिणियों की मूर्तियाँ

(घ) उपरोक्त सभी

649. जोगलथंबी मृदभांड (नासिक) से सातवाहन शासक नहपान की कितनी चाँदी की मुद्राएँ मिलती हैं?

(क) 8000 (ख) 6000

(ख) 5000 (घ) 4000

650. सर्वप्रथम कौन से शासकों ने सिक्कों पर लेख लिखवाना शुरू किया था?

(क) मौर्य शासकों ने

(ख) इंडो ग्रीक शासकों ने

(ग) कुषाण शासकों ने

(घ) गुप्त शासकों ने

651. भारत में शकों का सबसे प्रसिद्ध शासक राजा रुद्रदामन प्रथम (130-150 ई.) था। संस्कृत-प्रेमी होने के कारण उसने सबसे पहले विशुद्ध संस्कृत भाषा में कौन सा अभिलेख लिखवाया था?

(क) जूनागढ़ अभिलेख (ख) मथुरा अभिलेख

(ग) साँची अभिलेख (घ) कोई नहीं

652. कुषाण शासक विमकदफिसिस के सोने के सिक्कों पर अंकित कौन सी आकृतियों से पता चलता है कि वह शैव-मत का अनुयायी था?

(क) शिव (ख) नदी

(ग) त्रिशूल (घ) उपर्युक्त सभी

उत्तर के लिए कृपया पृष्ठ सं. 194 व 195 देखें।

653. इतिहास में कुषाण वंश के शासक कनिष्क को बौद्ध धर्म की सेवाएँ करने के कारण 'दूसरा अशोक' कहा जाता है। बौद्ध धर्म के प्रति उन्होंने क्या-क्या कार्य किए थे?

(क) कश्मीर के कुंडनवन में चौथी बौद्ध समिति का आयोजन

(ख) कनिष्क ने कश्मीर में कनिष्कपुर नामक नगर बसाया

(ग) कनिष्क ने पेशावर (पुरुषपुर) में एक स्तूप और एक विहार का निर्माण करवाया

(घ) उपर्युक्त सभी

654. प्राचीन कार्षापण नामक सिक्का तैयार करने के लिए कौन-कौन सी धातुओं का प्रयोग किया जाता था?

(क) सोना (ख) चाँदी

(ग) ताँबा (घ) सीसा

(ङ) उपर्युक्त सभी

655. गुप्त शासकों के अभिलेख तथा सिक्के सर्वाधिक किस राज्य में मिलते हैं?

(क) उत्तर प्रदेश (ख) मध्य प्रदेश

(ग) राजस्थान (घ) पंजाब

656. गुप्त वंशावली की जानकारी हमें कौन से अभिलेखों से प्राप्त होती है, जिनके आधार पर हमें पता चलता है कि गुप्तों का आदि पुरुष श्रीगुप्त था तथा उसका उत्तराधिकारी घटोत्कच था? गुप्त वंशावली में प्रथम स्वतंत्र शासक चंद्रगुप्त प्रथम था, जिसने 'महाराजाधिराज' की उपाधि धारण की थी।

(क) समुद्रगुप्त का प्रयाग स्तंभ लेख

(ख) कुमारगुप्त का विलसड़ अभिलेख

(ग) स्कंदगुप्त का भीतरी अभिलेख

(घ) उपर्युक्त सभी

उत्तर के लिए कृपया पृष्ठ सं. 195 देखें।

657. अभिलेः ों से ज्ञात होता है कि कदंब वंश के संस्थापक ब्राह्मण राजा मयूरदर्शन ने अपनी विजयों के उपलक्ष्य में अनेक अश्वमेध यज्ञों का आयोजन करवाया था। उसने कितने अश्वमेध यज्ञ करवाए थे?

(क) 18 (ख) 10

(ग) 15 (घ) 16

658. गुप्त वंश के शासकों में सर्वाधिक अभिलेख किस शासक के मिलते हैं?

(क) चंद्रगुप्त प्रथम

(ख) चंद्रगुप्त द्वितीय

(ग) समुद्रगुप्त

(घ) कुमार गुप्त

659. कौन से अभिलेख से पता चलता है कि पेहोवा (पृथुदक) उत्तर भारत में घोड़ों के व्यापार का प्रमुख केंद्र था?

(क) पेहोवा प्रशस्ति

(ख) प्रयाग प्रशस्ति

(ग) जूनागढ़ प्रशस्ति

(घ) बाँसखेड़ा प्रशस्ति

660. कौन से राजाओं के अभिलेख 'ओम नमः शिवाय' की प्रार्थना से शुरू होते हैं?

(क) पाल (ख) सेन

(ग) चंदेल (घ) उपर्युक्त सभी

661. प्राचीन काल में मुल्तान (पाकिस्तान) सूर्य उपासना का प्रमुख केंद्र था। मुल्तान के सूर्य मंदिर का उल्लेख कौन-कौन से विदेशी लेखकों ने किया है?

(क) ह्वेनसांग (ख) अलमसूरी

(ग) अलबरूनी (घ) उपर्युक्त सभी

उत्तर के लिए कृपया पृष्ठ सं. 195 देखें।

662. (ओडिशा) उड़ीसा के कौन-कौन से मंदिर विकसित आर्य नागर शैली का प्रतिनिधित्व करते हैं?

(क) भुवनेश्वर का लिंग राजमंदिर

(ख) पुरी का जगन्नाथ मंदिर

(ग) कोणार्क का सूर्य मंदिर

(घ) उपर्युक्त सभी

663. मध्य प्रदेश के खुजराहो में मंदिरों का निर्माण चंदेल राजाओं ने कब किया था?

(क) 800–900 ई. में (ख) 950–1050 ई. में

(ग) 700–810 ई. में (घ) 1200–1300 ई. में

664. दक्षिण भारत की मंदिर निर्माण की द्राविड़ शैली की स्थापना किन नरेशों के शासनकाल में हुई थी?

(क) पल्लव नरेश (ख) चोल नरेश

(ग) चेर नरेश (घ) पांडय नरेश

665. तंजौर के वृहदेश्वर मंदिर का निर्माण कौन से चोल राजा ने 1000 ई. में करवाया था?

(क) राजराज चोल (ख) राजेंद्र चोल

(ग) विजयालय (घ) प्रांतक-I

666. वास्तुशास्त्र के अनुसार स्तूप के महत्त्वपूर्ण हिस्से कौन-कौन से होते हैं?

(क) वेदिका (रेलिंग) इसका निर्माण स्तूप की सुरक्षा के लिए होता था

(ख) मेधि (कुरसी) यह वह चबूतरा होता है, जिस पर स्तूप का मुख्य हिस्सा आधारित होता है

(ग) अंड (अंडा) यह स्तूप का अर्द्धगोलाकार हिस्सा होता है

(घ) हर्मिका–स्तूप के शिखर पर अस्थि की रक्षा के लिए

(ङ) उपर्युक्त सभी

उत्तर के लिए कृपया पृष्ठ सं. 195 देखें।

667. सर्वाधिक प्राचीन भरहुत के स्तूप की खोज किस पुरातत्त्ववेत्ता ने 1873 ई. में की थी?

(क) जॉन मार्शल (ख) कनिंघम

(ग) मुगल रफीक (घ) मजूमदार

668. दिल्ली के चौहान वंश के इतिहास तथा वंशावली की जानकारी हमें बिजौलिया प्रस्तर लेख से होती है। यह अभिलेख चौहान वंश के कौन से शासक से संबंधित है?

(क) विग्रहराज द्वितीय (ख) सोमेश्वर

(ग) अर्णोराज (घ) बीसलदेव

669. चंदेल शासक उच्च कोटि के निर्माता थे। उन्होंने अनेक खूबसूरत मंदिरों, झीलों, नगरों का निर्माण करवाया था। उनके विश्व प्रसिद्ध मंदिर कहाँ पर स्थित हैं?

(क) खुजराहो (ख़) इंदौर

(ग) भोपाल (घ) सतना

670. गुजरात का प्रसिद्ध सोमनाथ मंदिर, जो कि पहले लकड़ी तथा ईटों का बना हुआ था, उसके स्थान पर पत्थर का निर्माण किस चालुक्यवंशी शासक द्वारा किया गया था?

(क) भीम प्रथम (ख) मूलराज प्रथम

(ग) कुमारपाल (घ) जयसिंह सिद्धराज

671. कार्कोटवंशी शासक ललितादित्य मुक्तापीड (724-760 ई.) ने अनेक भवनों, मंदिरों, विहारों का निर्माण करवाया था। उसके द्वारा निर्मित सर्वाधिक प्रसिद्ध मंदिर कौन सा है?

(क) मार्तंड सूर्य मंदिर

(ख) मोढेरा सूर्य मंदिर

(ग) मुल्तान सूर्य मंदिर

(घ) आसियान सूर्य मंदिर

उत्तर के लिए कृपया पृष्ठ सं. 195 देखें।

672. गुजरात का प्रसिद्ध सोमनाथ मंदिर किस कुख्यात आक्रमणकारी द्वारा तहस-नहस कर दिया गया था?

(क) महमूद गजनवी द्वारा 1025 में

(ख) मुहम्मद गोरी द्वारा 1206 में

(ग) नादिरशाह द्वारा 1398 ई. में

(घ) अहमदशाह अब्दाली द्वारा 1761 में

673. पूर्व मध्यकाल में कौन सा प्रसिद्ध राजवंश था, जिसने अपने अभिलेखों में हिंदी (देवनागरी लिपि) का प्रयोग किया था?

(क) चंदेल राजवंश (ख) चालुक्य राजवंश

(ग) सोलंकी राजवंश (घ) परमार राजवंश

674. भारत की राजधानी दिल्ली की प्राचीनता इस बात से सिद्ध होती है कि वहाँ पर एक इंद्रपत्त नाम का गाँव आज भी है। दिल्ली का प्राचीन नाम क्या माना जाता है?

(क) इंद्रप्रस्थ (ख) शौणप्रस्थ

(ग) योगिनीपुर (घ) बिल्लिका

675. उदयपुर के 1170 ई. के बिजौलिया अभिलेख से दिल्ली पर किस राजवंश के राजा द्वारा अधिकार किए जाने का उल्लेख मिलता है?

(क) चहमान (ख) चंदेल

(ग) चालुक्य (घ) परमार

676. 1276 ई. के पालम बावली अभिलेख में दिल्ली का क्या नाम मिलता है?

(क) ढिल्लिका (ख) योगिनीपुर

(ग) शाहजहाँनाबाद (घ) इंद्रप्रस्थ

677. बिजौलिया अभिलेख से हमें कौन से राजपूत राजवंश की पूरी वंशावली मिलती है?

(क) चौहान (ख) चालुक्य

(ग) पाल (घ) प्रतिहार

उत्तर के लिए कृपया पृष्ठ सं. 195 देखें।

678. राष्ट्रकूट राजवंश के किस प्रतापी शासक ने ऐलोरा के प्रसिद्ध कैलाश मंदिर का निर्माण कराया था?
(क) दंतिदुर्ग (ख) कृष्ण प्रथम
(ग) गोविंद द्वितीय (घ) अमोघवर्ण

679. बालाघाट अभिलेख में किस वाकाटक वंश के शासक को 'परमभागवत' कहा गया है?
(क) प्रवरसेन प्रथम (ख) पृथ्वीसेन द्वितीय
(ग) रुद्रसेन प्रथम (घ) विंध्यशक्ति

680. वाकाटक अभिलेखों में रुद्रसेन प्रथम को कौन-से देवता का उपासक बताया गया है?
(क) काल भैरव (ख) महाभैरव
(ग) शिव (घ) हनुमान

681. बादमी के चालुक्य राजवंश का इतिहास जानने के लिए सर्वाधिक महत्त्वपूर्ण स्रोत 'एहोल अभिलेख' है। यह अभिलेख कौन से चालुक्य नरेश से संबंधित है?
(क) पुलकेशिन द्वितीय (ख) पुलकेशिन प्रथम
(ग) कीर्तिवर्मन-I (घ) मंगलेश

682. किस पल्लववंशी शासक ने काँची के कैलाशनाथ मंदिर तथा महाबलिपुरम् के शोर मंदिर का निर्माण कराया था?
(क) नंदिसिंह वर्मन द्वितीय (ख) महेंद्र वर्मन प्रथम
(ग) नंदिवर्मन-II (घ) सिंह विष्णु

683. दक्षिण भारतीय मंदिरों की मंदिर निर्माण की द्राविड़ शैली के स्थापत्य के प्रमुख अंग कौन-कौन से हैं?
(क) विशाल मंदिर एवं आँगन
(ख) मंडप
(ग) रथ
(घ) उपर्युक्त सभी

उत्तर के लिए कृपया पृष्ठ सं. 195 देखें।

684. चोल राजवंश के प्रसिद्ध उत्तरमेरुर अभिलेख से हमें क्या जानकारी मिलती है?

(क) स्थानीय एवं ग्राम प्रशासन

(ख) चोल वंशावली

(ग) धार्मिक जीवन

(घ) आर्थिक जीवन

685. बादामी के चालुक्य राजवंश का इतिहास जीवन जानने के लिए सर्वाधिक महत्त्वपूर्ण स्रोत 'ऐहोल अभिलेख' है। यह अभिलेख कौन से चालुक्य नरेश से संबंधित है?

(क) पुलकेशिन द्वितीय (ख) पुलकेशिन प्रथम

(ग) कीर्तिवर्मन-I (घ) मंगलेश

685. चोल मंदिरों के विषय में किस विद्वान् ने कहा है कि "चोल कलाकारों ने दानवों की भाँति इनका निर्माण किया और रत्नाकरों के रूप में सजावट की।"

(क) फर्ग्यूसन (ख) स्मिथ

(ग) भंडारकर (घ) मार्शल

686. चोल काल में पाषाण मूर्तियों से ज्यादा कांस्य मूर्तियों का निर्माण हुआ। चोलकालीन सर्वाधिक सुंदर मूर्ति कौन सी मानी जाती है?

(क) नटराज शिव (ख) नंदी

(ग) शिव-पार्वती (घ) शिव परिवार

687. तुगलक वंश के प्रसिद्ध शासक फिरोज तुगलक (1351–1388) द्वारा स्थापित किए गए कौन-कौन से प्रमुख नगर थे?

(क) जौनपुर (ख) हिसार-फिरोजा

(ग) फिरोजाबाद (घ) उपर्युक्त सभी

688. सिकंदर लोधी ने आगरा शहर का निर्माण कब किया था?

(क) 1502 ई. में (ख) 1504 ई. में

(ग) 1506 ई. में (घ) 1510 ई. में

उत्तर के लिए कृपया पृष्ठ सं. 195 देखें।

689. प्राचीन भारत में रहट (कुएँ से पानी निकालने का यंत्र) का पहला लिखित विवरण किस ग्रंथ में मिलता है?

(क) बाबरनामा (ख) हुमायूँनामा

(ग) अकबरनामा (घ) तुजके-ए-जहाँगीरी

690. बंगाल के शासक नुसरतशाह (1519-32) को कला, वास्तुकला तथा साहित्य का संरक्षक माना जाता है। उसके द्वारा कौन-कौन से निर्माण कार्य किए गए थे?

(क) सोना मस्जिद का निर्माण करवाया था।

(ख) कदम रसूल मस्जिद का निर्माण करवाया था।

(ग) महाभारत ग्रंथ का बांगला (बँगला) भाषा में अनुवाद करवाया था।

(घ) उपर्युक्त सभी।

691. मेवाड़ विजय के उपलक्ष्य में चितौड़ में विजय स्तंभ का निर्माण किस राजपूत शासक द्वारा करवाया गया था?

(क) राणा कुंभा (ख) राणा अमर सिंह

(ग) महाराणा प्रताप (घ) कोई नहीं

692. महमूद खिलजी ने मांडू में कितनी मंजिलवाले स्तंभ का निर्माण कराया था?

(क) सात मंजिला स्तंभ (ख) चार मंजिला स्तंभ

(ग) तीन मंजिला स्तंभ (घ) कोई नहीं

693. हैदराबाद नगर का संस्थापक किसे माना जाता है?

(क) कुलीशाह (ख) इब्राहीम

(ग) कुली कुतुबशाह (घ) अब्दुल्ला

694. विजयनगर साम्राज्य के कौन से प्रसिद्ध शासक ने हजारा और विट्ठल स्वामी मंदिर का निर्माण करवाया था?

(क) कृष्णदेव राय ने (ख) अच्युतदेवराय ने

(ग) नरसिंह सालुवान ने (घ) कोई नहीं

उत्तर के लिए कृपया पृष्ठ सं. 195 देखें।

695. "हर क्षण और हर स्थान पर, चाहे वह रसोईघर हो, अंत:पुर हो अथवा उद्यान हो, मेरे प्रतिवेदक मुझे प्रजा के कार्यों के संबंध में सूचित करें।" ऐसा सम्राट् अशोक ने अपने कौन से शिलालेख में कहा है?

(क) छठा शिलालेख (ख) चौथा शिलालेख
(ग) तेरहवाँ शिलालेख (घ) दसवाँ शिलालेख

696. वास्तुकला की दृष्टि से चोल मंदिरों की प्रमुख विशेषता क्या मानी जाती है?

(क) मंडप (ख) शिखर
(ग) विमान (घ) गोपुरम्

697. सल्तनतकाल की वह पहली मस्जिद कौन सी है, जिसका निर्माण कुतुबुद्दीन ऐबक ने कराया था। इस मस्जिद को बनाने में मुसलमानों द्वारा गिराए गए हिंदू एवं जैन मंदिरों की सामग्री का प्रयोग किया गया था?

(क) कुव्वत-उल-इस्लाम (ख) काबुली बाग मस्जिद
(ग) जामा मस्जिद (घ) मोती मस्जिद

698. भारत में तुर्क शासकों द्वारा बनाई गई इमारतों की प्रमुख विशेषताएँ क्या-क्या हैं?

(क) मेहराब एवं गुंबदों का निर्माण
(ख) चिनाई करने में चूने का प्रयोग
(ग) अलंकरण के लिए अरैबक्स विधि
(घ) उपर्युक्त सभी

699. इमारतों के अलंकरण के लिए मानव एवं पशु-पक्षियों की आकृति के स्थान पर फूल-पत्तियों तथा अरबी लिपि के अलंकरण की कला को क्या कहा जाता है?

(क) पितरादुरा (ख) अरैबक्स
(ग) इकोबाना (घ) सजावट

उत्तर के लिए कृपया पृष्ठ सं. 195 देखें।

700. शेरशाह सूरी ने सहसराम (बिहार) में अपने मकबरे का निर्माण कब कराया था?

(क) 1540 (ख) 1542

(ग) 1543 (घ) 1545

701. मुगल शासकों को बाग लगवाने का बहुत शौक था। मुगलों द्वारा लगवाए गए प्रमुख बाग कौन-कौन से थे?

(क) आरामबाग (आगरा)

(ख) निशातबाग (कश्मीर)

(ग) शालीमारबाग (लाहौर)

(घ) पिंजौरबाग (हरियाणा)

(ङ) उपर्युक्त सभी

702. 1530 ई. में मुगल वंश के संस्थापक बाबर की मृत्यु के बाद सर्वप्रथम उसको कौन से बाग में दफनाया गया था?

(क) आरामबाग (ख) निशातबाग

(ग) शालीमारबाग (घ) कोई नहीं

703. मुगलों के भारत में आने के बाद स्थापत्य के क्षेत्र में विशेष उन्नति हुई। मुगलकालीन इमारतों की क्या-क्या प्रमुख विशेषताएँ मानी जाती हैं?

(क) महलों में झरनों तथा तालाबों का निर्माण

(ख) चार बाग पद्धति (Char Baag Pattern)

(ग) लाल तथा सफेद पत्थर का प्रयोग

(घ) उपर्युक्त सभी

704. वह कौन सा मकबरा माना जाता है, जिसको आदर्श मानकर हुमायूँ का मकबरा तथा बाद में ताजमहल का निर्माण हुआ था?

(क) शेरशाह सूरी का सहसराम का मकबरा

(ख) दिल्ली का सिकंदर लोधी का मकबरा

(ग) इस्लाम शाह का मकबरा

(घ) इब्राहीम लोधी का मकबरा

उत्तर के लिए कृपया पृष्ठ सं. 195 देखें।

705. 1230 ई. में अजमेर में ख्वाजा मुइनुद्दीन चिश्ती की दरगाह का निर्माण सल्तनतकालीन किस सुल्तान द्वारा करवाया गया था?

(क) इल्तुतमिश (ख) बलबन

(ग) अलाउद्दीन खिलजी (घ) कोई नहीं

706. दिल्ली में इल्तुतमिश के मकबरे का निर्माण 1235-36 ई. में किसके द्वारा करवाया गया था?

(क) रजिया सुलताना (ख) रुकनुद्दीन फिरोज

(ग) बहरामशाह (घ) आरामशाह

707. दिल्ली में अलाउद्दीन खिलजी ने सीरी के किले का निर्माण कब करवाया था?

(क) 1306 (ख) 1307

(ग) 1308 (घ) 1310

708. मांडू में हुशंगशाह द्वारा कौन-कौन से निर्माण कार्य कराए गए थे?

(क) हिंडोला महल (ख) जहाज महल

(ग) जामा मस्जिद (घ) सभी

709. सम्राट् अकबर (1556-1605) द्वारा कौन-कौन से किलों का निर्माण करवाया गया था?

(क) आगरा का किला

(ख) इलाहाबाद का किला

(ग) लाहौर का किला

(घ) उपर्युक्त सभी

710. स्थापत्य के क्षेत्र में अकबरकालीन इमारतों पर कौन-कौन सी शैलियों का प्रभाव देखने को मिलता है?

(क) ईरानी शैली

(ख) राजस्थानी शैली

(ग) तुर्की शैली

(घ) उपर्युक्त सभी

उत्तर के लिए कृपया पृष्ठ सं. 195 देखें।

711. फतेहपुर सीकरी अकबरकालीन स्थापत्य का एक बेमिसाल उदाहरण माना जाता है। यहाँ पर अकबर ने कौन-कौन सी इमारतों का निर्माण करवाया था?

(क) जोधाबाई महल

(ख) दीवान-ए-आम

(ग) दीवान-ए-खास

(घ) बुलंद दरवाजा

(ड) उपर्युक्त सभी

712. कौन-से मुगल शासक के समय में इमारतों को सजाने के लिए पीट्राडयूरा कला की शुरुआत हुई थी?

(क) बाबर (ख) हुमायूँ

(ग) अकबर (घ) जहाँगीर

713. किस मुगलकानीन राज परिवार की स्त्री द्वारा अपने पिता की याद में ऐतामुद्दौला का मकबरा बनवाया गया था?

(क) मुमताज महल (ख) नूरजहाँ

(ग) रोशनआरा (घ) जहाँआरा

714. कौन से मुगलकालीन शासक के समय की स्थापत्य कला को स्वर्ण युग की संज्ञा दी गई है?

(क) जहाँगीर (ख) शाहजहाँ

(ग) अकबर (घ) औरंगजेब

715. प्रसिद्ध मुगल शासक शाहजहाँ (1627-1658) द्वारा कौन-कौन सी ऐतिहासिक इमारतों का निर्माण करवाया गया है?

(क) दिल्ली का लाल किला

(ख) आगरा की मोती मस्जिद

(ग) ताजमहल

(घ) लाल किले में दीवान-ए-आम, दीवान-ए-खास

(ङ) उपर्युक्त सभी

उत्तर के लिए कृपया पृष्ठ सं. 195 देखें।

716. किस मुगलकालीन सुप्रसिद्ध इमारत में स्थापत्य की सभी शैलियों का सुंदर समन्वय देखने को मिलता है?

(क) ताजमहल (ख) लाल किला

(ग) हुमायूँ का मकबरा (घ) आगरा का किला

717. भारतीय-इस्लामी संस्कृति मध्य-एशिया की परंपराओं के साथ-साथ अन्य किन-किन परंपराओं के सम्मिश्रण से बनी थी?

(क) हिंदू परंपरा (ख) बौद्ध परंपरा

(ग) जैन परंपरा (घ) उपर्युक्त सभी

718. भारत में पहली तुर्क मस्जिद कौन सी मानी जाती है, जिसे कुतुबुद्दीन ने इस्लामी स्थापत्य के अनुसार 1197 ई. में बनवाया था?

(क) कुव्वत-उल-इस्लाम

(ख) जामा मस्जिद

(ग) जमात खाना मस्जिद

(घ) उपर्युक्त कोई नहीं

719. 1200 ई. में कुतुबुद्दीन ऐबक ने 'अढाई दिन का झोंपड़ा' नामक मस्जिद का निर्माण कहाँ पर करवाया था?

(क) दिल्ली (ख) फतेहपुर सीकरी

(ग) अजमेर (घ) जयपुर

720. कुतुबुद्दीन ऐबक ने किस सूफी संत की स्मृति में 1197 ई. में कुतुब मीनार का निर्माण कार्य शुरू किया था, लेकिन बीच में उसकी मृत्यु हो जाने के बाद इल्तुतमिश सुल्तान द्वारा इसे पूरा करवाया गया था?

(क) कुतुबुद्दीन बख्तियार काकी

(ख) निजामुद्दीन औलिया

(ग) सलीम चिश्ती

(घ) ख्वाजामुइनुद्दीन चिश्ती

उत्तर के लिए कृपया पृष्ठ सं. 196 देखें।

721. मुस्लिम स्थापत्य के क्षेत्र में कौन से सुलतान को मकबरा निर्माण शैली का जनक माना जाता है?

(क) कुतुबुद्दीन ऐबक (ख) इल्तुतमिश

(ग) बलबन (घ) जलालुद्दीन खिलजी

722. सुल्तान इल्तुतमिश द्वारा निर्मित प्रथम सल्तनतकालीन मकबरा कौन सा माना जाता है?

(क) सुल्तानगरी अथवा नसीरुद्दीन का मकबरा

(ख) इल्तुतमिश का मकबरा

(ग) बलबन का मकबरा

(घ) उपर्युक्त कोई नहीं

723. सल्तनतकालीन प्रथम मकबरा, जो कि युद्ध इस्लामी पद्धति तथा मेहराबों से सुसज्जित बनाया गया है?

(क) बलबन का मकबरा

(ख) इल्तुतमिश का मकबरा

(ग) सुल्तानगढ़ी का मकबरा

(घ) इब्राहीम लोधी का मकबरा

724. दिल्ली सल्तनत के कौन से सुलतान ने सीरी महल तथा हजार स्तंभोंवाले महल का निर्माण करवाया था?

(क) बलबन (ख) इल्तुतमिश

(ग) अलाउद्दीन खिलजी (घ) सिकंदर लोधी

725. खिलजी वंश के प्रसिद्ध सुल्तान अलाउद्दीन खिलजी द्वारा दिल्ली में कौन सी इमारतों का निर्माण करवाया गया, जो कि शुद्ध इस्लामी शैली में निर्मित है?

(क) जमातखाना मस्जिद

(ख) अलाई दरवाजा

(ग) हजार सितून (स्तंभ)

(घ) उपर्युक्त सभी

उत्तर के लिए कृपया पृष्ठ सं. 196 देखें।

726. कौन से पुरातत्त्ववेत्ता ने कहा था कि 'अलाई दरवाजा इस्लामी स्थापत्य कला के खजाने का सबसे सुंदर हीरा है'?
(क) जॉन मार्शल (ख) कनिंघम
(ग) भंडारकर (घ) व्हीलर

727. तुगलकाबाद किला तथा जहाँपनाह नगर की स्थापना कौन से सुल्तान द्वारा की गई थी?
(क) ग्यासुद्दीन तुगलक
(ख) फिरोज तुगलक
(ग) मुहम्मद तुगलक
(घ) उपर्युक्त कोई नहीं

728. फिरोज तुगलक ने कौन-कौन सी मस्जिदों का निर्माण करवाया था?
(क) काली मस्जिद (ख) खिर्की मस्जिद
(ग) काबा मस्जिद (घ) उपर्युक्त सभी

729. दिल्ली में सर्वप्रथम अष्टभुजाकार मकबरा कौन से सुल्तान द्वारा बनवाया गया था?
(क) ग्यासुद्दीन तुगलक (ख) फिरोज तुगलक
(ग) मुहम्मद तुगलक (घ) कोई नहीं

730. तुगलक काल की स्थापत्य शैली की एक महत्त्वपूर्ण विशेषता कौन सी मानी जाती है?
(क) ढलवा दीवारें (इस्लामी पद्धति)
(ख) दोहरे गुंबद
(ग) अलंकरण
(घ) मेहराब

731. सल्तनतकालीन कौन से वंश के सुल्तानों ने मकबरों को ऊँचे चबूतरों पर बनाना शुरू किया था?
(क) गुलाम वंश (ख) खिलजी वंश
(ग) तुगलक वंश (घ) लोधी वंश

उत्तर के लिए कृपया पृष्ठ सं. 196 देखें।

732. लोधी वंश के कौन से सुल्तान ने स्थापत्य के क्षेत्र में एक गुंबद के स्थान पर दो गुंबदों का प्रयोग शुरू किया था?

(क) बहलोल लोधी (ख) सिकंदर लोधी

(ग) इब्राहीम लोधी (घ) कोई नहीं

733. दिल्ली सल्तनत के किस काल को मकबरों का काल भी कहा जाता है?

(क) खिलजी काल (ख) तुगलक काल

(ग) लोधी काल (घ) कोई नहीं

734. हरियाणा के कौन से जिले में लोधी वंश के अंतिम सुल्तान इब्राहीम लोधी का मकबरा स्थित है?

(क) पानीपत (ख) सोनीपत

(ग) कुरुक्षेत्र (घ) करनाल

735. लोधी काल में बनाए गए अष्टभुजाकार मकबरे किन के द्वारा बनवाए गए थे?

(क) सुल्तानों द्वारा (ख) सामंतों द्वारा

(ग) अमीरों द्वारा (घ) कोई नहीं

736. दिल्ली की मोठ मस्जिद का निर्माण लोधी वंश के किस सुल्तान के प्रधानमंत्री द्वारा किया गया था?

(क) बहलोल लोधी (ख) सिकंदर लोधी

(ग) इब्राहीम लोधी (घ) कोई नहीं

737. जौनपुर में शर्की सुल्तानों द्वारा कौन-कौन सी प्रमुख मस्जिदों का निर्माण करवाया गया था?

(क) अटाला मस्जिद

(ख) फोर्ट मस्जिद

(ग) जामा मस्जिद

(घ) झंझोरी मस्जिद

(ङ) उपर्युक्त सभी

उत्तर के लिए कृपया पृष्ठ सं. 196 देखें।

738. हैदराबाद के कुलीकुतुब शाह ने प्रसिद्ध चार मीनार का निर्माण कब करवाया था?

(क) 1590 (ख) 1591

(ग) 1592 (घ) 1594

739. विश्व प्रसिद्ध बीजापुर का 'गोल गुंबज' किस शासक का मकबरा है?

(क) अहमदशाह प्रथम (ख) अहमदशाह द्वितीय

(ग) बहमनशाह (घ) आदिलशाह

740. 12वीं सदी में पृथ्वीराज चौहान के शासनकाल में अजमेर शरीफ में किस सूफी संत ने अपना निवास स्थान बनाया था?

(क) निजामुद्दीन औलिया (ख) मुईनुद्दीन चिश्ती

(ग) बख्तियार काकी (घ) बाबा फरीद

741. धार्मिक विषयों पर वाद-विवाद करने के लिए बादशाह अकबर द्वारा फतेहपुर सीकरी में इबादतखाना का निर्माण कब करवाया गया था?

(क) 1570 ई. (ख) 1575 ई.

(ग) 1579 ई. (घ) 1580 ई.

742. कौन से जाट शासक द्वारा सिकंदरा में स्थित सम्राट् अकबर के मकबरे को लूटा तथा उसकी अस्थियों को निकाल कर जला दिया था?

(क) चूड़ामन (ख) सूरजमल

(ग) राजाराम (घ) गोकुला

743. मुगलकाल को स्थापत्य, कला एवं संस्कृति की दृष्टि से भारतीय इतिहास का कौन सा 'क्लासिकी युग' (Classic Age) माना जाता है?

(क) प्रथम (ख) द्वितीय

(ग) तृतीय (घ) चतुर्थ

उत्तर के लिए कृपया पृष्ठ सं. 196 देखें।

744. मुगलकालीन स्थापत्य कला को मध्य एशिया इस्लामी तथा भारतीय कला का मिश्रित रूप माना जाता है, इसमें कौन-कौन सी वास्तु परंपराओं का अद्‌भुत मिश्रण मिलता है?

(क) फारसी (ख) तुर्की

(ग) स्थानीय परंपराएँ (घ) उपर्युक्त सभी

745. मुगलकालीन स्थापत्य की एक प्रमुख विशेषता संगमरमर के पत्थरों पर हीरे-जवाहरातों की सजावट मानी जाती है। इस कला को किस नाम से जाना जाता है?

(क) पित्रापुरा (ख) एरेबक्स

(ग) इकेबाना (घ) फुलकारी

746. मुगल वंश के संस्थापक बाबर (1526-30) द्वारा कौन-कौन सी मस्जिदों का निर्माण करवाया गया था?

(क) काबुलीबाग मस्जिद (पानीपत)

(ख) संभल की जामी मस्जिद (रुहेलखंड)

(ग) लोधी किले की मस्जिद (आगरा)

(घ) उपर्युक्त सभी

747. 1533 ई. में दिल्ली में मुगल शासक हुमायूँ द्वारा किस नगर का निर्माण कराया गया था?

(क) दीन पनाह नगर (विश्व का शरणस्थल)

(ख) फिरोजशाह कोटला

(ग) हुमायूँ नगर

(घ) कोई नहीं

748. सूर वंश के शासक शेरशाह सूरी ने हुमायूँ को पराजित करने के बाद दिल्ली में 1542 में कौन सी मस्जिद का निर्माण करवाया था?

(क) किला-ए-कुहना (ख) जामा मस्जिद

(ग) लाल मस्जिद (घ) मोती मस्जिद

उत्तर के लिए कृपया पृष्ठ सं. 196 देखें।

749. स्थापत्य के क्षेत्र में शेरशाह सूरी द्वारा कौन-कौन से निर्माण कार्य कराए गए थे?
(क) सासाराम मकबरा (बिहार)
(ख) नारनौल का किला (हरियाणा)
(ग) पुराना किला (दिल्ली)
(घ) उपर्युक्त सभी

750. मुगलकालीन स्थापत्य की कौन-कौन सी प्रमुख विशेषताएँ मानी जाती हैं?
(क) महलों तथा भवनों में बहते पानी की व्यवस्था
(ख) चारबाग पद्धति
(ग) हीरे-जवाहरातों से सजावट
(घ) दोहरा गुंबद और मेहराब
(ङ) उपर्युक्त सभी

751. विजय नगर साम्राज्य के प्रसिद्ध शासक कृष्णदेवराय द्वारा बनाया गया 'हजारा मंदिर' कौन से देवता को समर्पित है?
(क) सूर्य (ख) राम
(ग) शिव (घ) विष्णु

752. मंदिर निर्माण की द्राविड़ शैली का मुख्य लक्षण क्या माना जाता है?
(क) शिखर (ख) गोपुरम्
(ग) विमान (घ) मंडप

753. चोल काल में निर्मित विश्व प्रसिद्ध नटराज की कांस्य प्रतिमाओं में शिव की कितनी भुजाएँ मिलती हैं?
(क) अष्टभुजा
(ख) षष्ट भुजा
(ग) चतुर्भुजा
(घ) द्विभुजा

उत्तर के लिए कृपया पृष्ठ सं. 196 देखें।

754. चोल शासक राजेंद्र प्रथम तथा राजराज प्रथम अपना विजय स्मरणार्थ उत्सव किस प्रकार मनाते थे?
(क) मंदिर निर्माण करके
(ख) सिक्के जारी करके
(ग) शिलालेख लिखवा करके
(घ) स्तंभ बनवाकर

755. मुगलकालीन किस महल में भित्ति चित्र (Mural-Paintings) बनाए गए हैं?
(क) जहाँगीर महल
(ख) जोधाबाई महल
(ग) दाराशिकोह महल
(घ) पंच महल

756. फतेहपुर सीकरी में शहंशाह अकबर द्वारा बनवाया गया बुलंद दरवाजा किस शैली में बना हुआ है?
(क) ईरानी शैली (ख) गुजराती शैली
(ग) तुर्की शैली (घ) द्राविड़ शैली

757. निम्नलिखित में से कौन सा मकबरा भारत में दोहरे गुंबद (Double Domb) का पहला उदाहरण माना जाता है?
(क) हुमायूँ का मकबरा
(ख) ऐतामुद्दौला का मकबरा
(ग) इब्राहीम लोधी का मकबरा
(घ) कोई नहीं

758. विश्वप्रसिद्ध मयूर सिंहासन का निर्माण कौन से शहंशाह के काल में हुआ था?
(क) अकबर (ख) जहाँगीर
(ग) शाहजहाँ (घ) औरंगजेब

उत्तर के लिए कृपया पृष्ठ सं. 196 देखें।

759. मुगल शासक औरंगजेब के समय में कौन-कौन सी इमारतों का निर्माण हुआ था?
(क) लाहौर की बादशाही मस्जिद
(ख) शाहजहाँ का मकबरा
(ग) लाल किले के अंदर मोती मस्जिद
(घ) उपर्युक्त सभी

760. मुगलकालीन चित्रकला की मुख्य विषयवस्तु क्या थी?
(क) प्राकृतिक दृश्य (ख) दरबारी जीवन के दृश्य
(ग) शिकार के दृश्य (घ) धार्मिक दृश्य

761. सम्राट् जहाँगीर के समय में किस प्रकार की चित्रकला विकसित हुई थी?
(क) तेल पेंटिंग (ख) लघु चित्रकला
(ग) पोर्ट्रेट पेंटिंग (घ) कोई नहीं

762. अकबरकालीन चित्रकला की मुख्य विषयवस्तु क्या थी?
(क) प्राकृतिक दृश्य (ख) धार्मिक दृश्य
(ग) पशु-पक्षियों के दृश्य (घ) सुंदर स्त्रियों के दृश्य

763. फिरोज तुगलक द्वारा बनवाए गए महलों तथा मस्जिद पर कौन से हिंदू धार्मिक चिह्न से सजावट की गई थी?
(क) स्वास्तिक (ख) कमल का फूल
(ग) बेलबूटे (घ) ज्यामितीय डिजाइन

764. मुगलकाल में मीर सैयद अली और अब्दुल समद ने कौन सी पुस्तक का चित्रीकरण किया था?
(क) बाबरनामा (ख) अकबरनामा
(ग) जहाँगीरनामा (घ) दास्तान-ए-अमीर हमजा

765. दिल्ली सल्तनत के कौन से सुल्तान ने दिल्ली में निजामुद्दीन औलिया की दरगाह पर मस्जिद का निर्माण करवाया था?
(क) बलबन (ख) अलाउद्दीन खिलजी
(ग) मोहम्मद तुगलक (घ) इब्राहीम लोधी

उत्तर के लिए कृपया पृष्ठ सं. 196 देखें।

766. दिल्ली सल्तनत के लोधी शासकों का सर्वश्रेष्ठ निर्माण कार्य कौन सा माना जाता है?
(क) लोधी गार्डन
(ख) इब्राहीम लोधी का मकबरा
(ग) मोठ मस्जिद
(घ) सिकंदर लोधी का मकबरा

767. जौनपुर शैली में शर्की शासकों द्वारा बनवाई गई कौन सी इमारत सर्वश्रेष्ठ मानी जाती है?
(क) लाल दरवाजा (ख) अटाला मंदिर
(ग) गोल गुंबद (घ) कोई नहीं

768. अदीना मस्जिद किस शैली में बनाई गई है?
(क) गुजरात शैली (ख) बंगाल शैली
(ग) बिहार शैली (घ) जौनपुर शैली

769. इस्लामी वास्तुकला में इमारतों की सजावट में कौन-कौन से साधनों का प्रयोग होता था?
(क) ज्यामितीय डिजाइन
(ख) अरैबक्स विधि
(ग) लेखन कला
(घ) उपर्युक्त सभी

770. भारत के किस स्थान की वास्तुकला में इस्लामी प्रभाव सबसे ज्यादा दिखाई देता है?
(क) दिल्ली (ख) आगरा
(ग) जौनपुर (घ) बीजापुर

771. हमारे देश में निर्मित सबसे पहली मस्जिद (कुव्वत-उल-इस्लाम) के स्थान पर पहले मूलतः कौन सा मंदिर था?
(क) जैन मंदिर (ख) सूर्य मंदिर
(ग) बौद्ध मंदिर (घ) शिव मंदिर

उत्तर के लिए कृपया पृष्ठ सं. 196 देखें।

772. सल्तनत काल तुगलक वंश की वास्तुकला की प्रमुख विशेषताएँ कौन–कौन सी हैं?

(क) निर्माण कार्यों में भूरे पत्थर का प्रयोग।

(ख) ढलवा दीवारें (Slanting Wall)।

(ग) मेहराब एवं बीम का संयुक्त प्रयोग।

(घ) उपर्युक्त सभी।

773. सम्राट् अकबर ने किस भारतीय ग्रंथ का चित्रांकन करवाया था?

(क) रामायण (ख) महाभारत

(ग) भगवतगीता (घ) पंचतंत्र

774. तुर्कों के भारत पर आक्रमण के फलस्वरूप स्थापत्य के क्षेत्र में जो प्रमुख परिवर्तन हुए, उनकी क्या प्रमुख विशेषताएँ थीं?

(क) गुंबद एवं मेहराब (ख) ऊँची मीनारें

(ग) डाटदार छतें (घ) सजावट की शैली

(ङ) उपर्युक्त सभी

775. भारतीय एवं मुस्लिम स्थापत्य के समन्वय के क्या–क्या प्रमुख कारण माने जाते हैं?

(क) तुर्की शासकों के निर्देश पर भारतीय कलाकारों ने काम किया

(ख) तुर्क आक्रमणकारियों ने मंदिरों को गिराकर उस सामग्री से मस्जिदों एवं मकबरों का निर्माण किया

(ग) भारतीय एवं मुस्लिम दोनों ही कलाएँ सजावट प्रधान थीं

(घ) उपर्युक्त सभी

776. आगरा के किले में स्थित मोती मस्जिद शाहजहाँ ने किसके सम्मान में बनवाई थी?

(क) नूरजहाँ (ख) मुमताज महल

(ग) जहाँआरा (घ) रोशनआरा

उत्तर के लिए कृपया पृष्ठ सं. 196 देखें।

777. सम्राट् अकबर के शासनकाल में 'चारबाग पद्धति' पर बनी सर्वप्रथम इमारत कौन सी थी?

(क) बाबर का मकबरा (ख) हुमायूँ का मकबरा
(ग) जहाँगीर का मकबरा (घ) अकबर का मकबरा

778. 1565 ई. में हुमायूँ के मकबरे का निर्माण किसने करवाया था, जो कि भारत में दोहरे गुंबद का पहला मकबरा था?

(क) हुमायूँ की विधवा हाजी बेगम ने
(ख) हुमायूँ के पुत्र अकबर ने
(ग) हुमायूँ के भाई अस्करी ने
(घ) कोई नहीं

779. वह कौन सा एकमात्र मुगलकालीन मकबरा है, जहाँ पर सर्वाधिक मुगल राजघराने के लोगों को दफनाया गया है?

(क) अकबर का मकबरा सिकंदरा
(ख) हुमायूँ का मकबरा दिल्ली
(ग) बाबर का मकबरा आरामबाग
(घ) जहाँगीर का मकबरा लाहौर

780. हुमायूँ के मकबरे को ताजमहल का पूर्वगामी कहा जाता है, किस वास्तुकार ने इसका डिजाइन (नक्शा) तैयार किया था?

(क) मिर्जा ग्यास (ख) लुटियंस
(ग) अबुल फजल (घ) ली-कार्बुजिए

781. 1857 ई. की क्रांति के दौरान अंग्रेज लेफ्टिनेंट हडसन ने अंतिम मुगल बादशाह द्वितीय और उनके तीन शहजादों को कहाँ से गिरफ्तार किया था?

(क) लाल किला
(ख) हुमायूँ का मकबरा
(ग) ताजमहल
(घ) अकबर का मकबरा

उत्तर के लिए कृपया पृष्ठ सं. 196 व 197 देखें।

782. सम्राट् अकबर की राजधानी फतेहपुर सीकरी का सबसे बड़ा महल कौन सा था?

(क) जोधाबाई का महल (ख) पंचमहल

(ग) बीरबल महल (घ) मरियम महल

783. 1585 ई. के बाद अकबर फतेहपुर सीकरी को छोड़कर लाहौर में रहने लगा था। वहाँ पर उसने अपने रहने के लिए किस किले का निर्माण कराया था?

(क) लाहौर का किला (ख) लाल किला

(ग) दिल्ली का किला (घ) कोई नहीं

784. फतेहपुर सीकरी में कौन से सूफी संत की दरगाह का निर्माण करवाया गया था, जिसके आशीर्वाद से अकबर को पुत्र-रत्न की प्राप्ति हुई थी?

(क) शेख सलीम चिश्ती

(ख) निजामुद्दीन औलिया

(ग) ख्वाजा मुईनुद्दीन चिश्ती

(घ) बाबा फरीद

785. सम्राट् अकबर के द्वारा कौन-कौन से प्रमुख महलों का निर्माण करवाया गया था?

(क) जोधाबाई का महल

(ख) पंचमहल

(ग) मरियम महल

(घ) बीरबल महल

(ङ) उपर्युक्त सभी

786. वह कौन सा मुगल बादशाह था, जिसकी वास्तुकला की अपेक्षा चित्रकला में ज्यादा रुचि थी और उसने अनेक बागों का भी निर्माण करवाया था?

(क) अकबर (ख) जहाँगीर

(ग) शाहजहाँ (घ) औरंगजेब

उत्तर के लिए कृपया पृष्ठ सं. 197 देखें।

787. आगरा के पास स्थित सिकंदरा में सम्राट् अकबर के पाँच मंजिले, पिरामिड के आकार के मकबरे का निर्माण जहाँगीर के द्वारा कब करवाया गया था?

(क) 1605 में (ख) 1610 में

(ग) 1613 में (घ) 1615 में

788. जहाँगीर के समय (1605-27) की सबसे उल्लेखनीय इमारत कौन सी थी, जिसका निर्माण उसकी पत्नी नूरजहाँ ने अपने पिता की याद में करवाया था?

(क) ऐतामुद्दौला का मकबरा

(ख) मिर्जा बेग का मकबरा

(ग) शेरखान का मकबरा

(घ) कोई नहीं

789. जहाँगीरकालीन चतुर्भुजाकार संगमरमर का मकबरा कौन सा था, जिसमें पहली बार पितरादुरा (pietra-dur) (फूलों की आकृतियाँ, जिनमें कीमती पत्थर तथा रत्नों की जड़ावत का काम) का प्रयोग किया गया था?

(क) अकबर का मकबरा (ख) ऐतामुद्दौला का मकबरा

(ग) जहाँगीर का मकबरा (घ) शाहजहाँ का मकबरा

790. जहाँगीर की मृत्यु के बाद उसकी पत्नी ने उसके मकबरे का निर्माण कहाँ पर करवाया था?

(क) दिल्ली (ख) आगरा

(ग) लाहौर (घ) श्रीनगर (कश्मीर)

791. शहंशाह जहाँगीर कश्मीर को सबसे ज्यादा पसंद करता था, वहाँ पर उसके द्वारा कौन से बाग का निर्माण करवाया गया था?

(क) शालीमारबाग (ख) चारबाग

(ख) मोतीबाग (घ) पिंजौरबाग

उत्तर के लिए कृपया पृष्ठ सं. 197 देखें।

792. शाहजहाँ का काल (1627-58) वास्तुकला का स्वर्णयुग माना गया है। उसके द्वारा निर्मित इमारतों में प्रयुक्त संगमरमर कहाँ से प्राप्त किया जाता था?

(क) मकराना

(ख) जयपुर

(ग) दिल्ली

(घ) फतेहपुर सीकरी

793. 1638 ई. में शाहजहाँ द्वारा यमुना नदी के तट पर शाहजहाँबाद का निर्माण करवाया गया। यह स्थान कहाँ पर स्थित है?

(क) दिल्ली (ख) आगरा

(ग) लाहौर (घ) फतेहपुर सीकरी

794. 1648 ई. में शाहजहाँ ने दिल्ली (शाहजहाँबाद) को अपनी राजधानी बनाया तथा वहाँ पर एक चतुर्भुजाकार लाल बलुआ पत्थर से किले का निर्माण भी करवाया। उस किले को किस नाम से जाना जाता है?

(क) लाल किला (दिल्ली)

(ख) पुराना किला (दिल्ली)

(ग) रंग और नूरमहल (दिल्ली)

(घ) कोई नहीं

795. शाहजहाँकालीन एक अभिलेख ''अगर फिरदौस वर रुबी जमीं जस्त, हमीं अस्त, हमी अस्त'' अर्थात् दुनिया में कहीं स्वर्ग है, तो यहीं है, यहीं हैं'' यह कहाँ पर खुदा हुआ है?

(क) दीवान-ए-आम

(ख) दीवान-ए-खास

(ग) तख्त-ए-ताऊस

(घ) शाहजहाँ का मकबरा

उत्तर के लिए कृपया पृष्ठ सं. 197 देखें।

796. शहंशाह शाहजहाँ द्वारा 1631 ई. में आगरा में किस विश्व प्रसिद्ध इमारत का निर्माण शुरू करवाया गया था, जिसे बाद में यूनेस्को (Unesco) द्वारा विश्व धरोहर सूची (World heritage list) में शामिल किया गया?

(क) ताजमहल (ख) मोतीमहल

(ग) पंचमहल (घ) रंगमहल

797. ताजमहल शाहजहाँ द्वारा अपनी पत्नी मुमताज महल की याद में बनवाया गया था। यह 22 वर्षों में लगभग तीन करोड़ की लागत से तैयार हुआ था। इसको कौन से वास्तुकार द्वारा डिजाइन किया गया था?

(क) उस्ताद अहमद लाहौरी

(ख) उस्ताद ईसा

(ग) अब्दुल समद

(घ) अमीर खुसरो

798. सम्राट् औरंगजेब को वास्तुकला में कोई रुचि नहीं थी, लेकिन फिर भी कौन-कौन सी इमारतों का निर्माण उसके शासनकाल (1658-1707) में हुआ था?

(क) मोती मस्जिद (दिल्ली)

(ख) बादशाही मस्जिद (लाहौर)

(ग) बीबी का मकबरा (औरंगाबाद)

(घ) उपर्युक्त सभी

799. सल्तनत काल के दौरान बने भवनों की निर्माण शैली को इंडो-मुस्लिम कला का नाम किस पुरातत्त्ववेत्ता ने दिया है?

(क) कनिंघम

(ख) जॉन मार्शल

(ग) मार्टीमर व्हीलर

(घ) मुगल रफीक

उत्तर के लिए कृपया पृष्ठ सं. 197 देखें।

800. 1947 ई. से पहले भारतीय पुरातत्त्व सर्वेक्षण (Archaeology Survey of India) को किस नाम से जाना जाता था?

(क) भारतीय पुरातत्त्व

(ख) महकमा आसार-ए-कदीम

(ग) Archeology Department of India

(घ) कोई नहीं

801. Archaeology Department of India किस किले की दीवारों पर लिखा हुआ मिलता है?

(क) काँगड़ा किला (Kangra Fort)

(ख) लाल किला (Red Fort)

(ग) पुराना किला (Purana Qilla)

(घ) कोई नहीं

802. भारत सरकार ने सांस्कृतिक धरोहरों को सुरक्षित एवं संरक्षित रखने के लिए अनेक कानून बनाए हैं। भारतीय पुरातत्त्व के परिदृश्य में सबसे प्रभावशाली कानून कौन सा माना जाता है?

(क) 1958 का Ancient Monuments and Archaeological Sites and Remains Act.

(ख) 1972 का Antiquities and Art Treasure Act.

(ग) 1951 का The Ancient and Historical Monument and Archaelogical site and remains Act.

(घ) 1947 का The Antiquities Act.

803. भारत में सूर्य उपासना अत्यंत प्राचीन मानी जाती है। इस तथ्य को सिद्ध करने के कौन-कौन से पुरातात्त्विक प्रमाण मिलते हैं?

(क) सैंधव मृदभांडों पर सूर्य के चित्र।

(ख) आहत मृदभांडों पर चक्र एवं पदम जैसे प्रतीकों का अंकन।

(ग) पाँचाल एवं मित्रवंशी शासकों के सिक्कों पर सूर्य का अंकन।

(घ) उपर्युक्त सभी।

उत्तर के लिए कृपया पृष्ठ सं. 197 देखें।

804. राष्ट्रीय राजधानी दिल्ली में प्राचीन स्मारकों की संख्या कितनी है?

(क) 1200 (ख) 1300

(ग) 1500 (ग) 1600

805. भारतीय इस्लामी वास्तुकला को कितने वर्गों में बाँटा जाता है?

(क) सुल्तानों तथा उनके संरक्षण में निर्मित स्मारक

(ख) सुल्तानों द्वारा नियुक्त सूबेदारों द्वारा निर्मित स्मारक

(ग) मुगल काल में निर्मित स्मारक

(घ) उपर्युक्त सभी

806. भारत के सबसे ऊँचे बुर्ज 12वीं सदी में निर्मित कुतुबमीनार की ऊँचाई कितनी है?

(क) 72.5 मी. (ख) 73.7 मी.

(ग) 74.8 मी. (घ) 75 मी.

807. वह कौन सा मुगल शासक था, जो कि प्राकृतिक सौंदर्य का पुजारी था तथा उसके समय (1605-27) में अनेक बागों का निर्माण हुआ तथा मुगल चित्रकला का भी खूब विकास हुआ?

(क) जहाँगीर (ख) शाहजहाँ

(ग) औरंगजेब (घ) बहादुरशाह-I

808. जयपुर के महाराजा जयसिंह द्वितीय (1699-1743) ने खगोलीय उपकरणों की कौन-कौन सी वेधशालाओं का निर्माण करवाया था?

(क) जंतर-मंतर (दिल्ली)

(ख) उज्जैन

(ग) जयपुर

(घ) वाराणसी

(ङ) सभी

809. शेख चिल्ली का मकबरा कहाँ पर स्थित है?

(क) कुरुक्षेत्र (ख) सोनीपत

(ग) नारनौल (घ) भिवानी

उत्तर के लिए कृपया पृष्ठ सं. 197 देखें।

810. हरियाणा और पंजाब की संयुक्त राजधानी चंडीगढ़ का वास्तुकार ली कार्बूजिए किस देश का निवासी था?

(क) जर्मनी (ख) इटली

(ग) चीन (घ) फ्रांस

811. भारत का कौन सा नगर है, जो प्राचीन सैंधव सभ्यता के नगरों के पैट्रन (Pattern) पर बसा हुआ है?

(क) दिल्ली

(ख) मुम्बई

(ग) कोलकाता (कलकत्ता)

(घ) चंडीगढ़

812. हरियाणा के कौन से नगर में हर्ष तथा कर्ण का टीला स्थित है?

(क) कुरुक्षेत्र (ख) करनाल

(ग) अंबाला (घ) हाँसी

813. हरियाणा में यक्ष और यक्षणियों की मूर्तियाँ कहाँ-कहाँ से मिली हैं?

(क) पलवल (ख) भादस

(ग) हथीन (घ) रोहतक

(ङ) उपर्युक्त सभी

814. राजपूत राजा मिहिरभोज के शासनकाल में कौन सा स्थान उत्तरी भारत का प्रमुख व्यापारिक केंद्र था?

(क) पेहोवा (ख) हस्तिनापुर

(ग) कन्नौज (घ) हिसार

815. उत्तरी भारत के सातवीं सदी के अंतिम हिंदू शासक हर्षवर्धन की ताँबे की मुद्राएँ हरियाणा में कौन-कौन से स्थानों से मिली हैं?

(क) अंबाला (ख) पानीपत

(ग) सोनीपत (घ) उपर्युक्त सभी

उत्तर के लिए कृपया पृष्ठ सं. 197 देखें।

816. आदिबद्री नामक पौराणिक गाँव, जहाँ सरस्वती नदी का उद्गम स्थल माना गया है, कहाँ पर स्थित है?

(क) हरियाणा (ख) पंजाब

(ग) हिमाचल (घ) जम्मू-कश्मीर

817. पौराणिक कथाओं के आधार पर महाभारत युद्ध जीतने के बाद युधिष्ठिर ने कुरुक्षेत्र में कौन सा प्राचीन कूप (कुआँ) बनवाया था?

(क) सूर्य कूप (ख) मंगल कूप

(ग) चंद्र कूप (घ) धर्म कूप

818. हरियाणा का प्रसिद्ध शीतला माता का मंदिर किस वास्तुशिल्पीय पैटर्न पर डिजाइन किया गया है?

(क) हरियाणवी (ख) मुगलई

(ग) राजस्थानी (घ) बंगाली

819. मामा-भानजा की दरगाह हरियाणा के कौन से शहर में स्थित है?

(क) सोनीपत (ख) पानीपत

(ग) रोहतक (घ) कुरुक्षेत्र

820. राष्ट्रीय राजमार्ग पर स्थानों की दूरी देखने के लिए कोस मीनारों का निर्माण किस शासक द्वारा करवाया गया था?

(क) शाहजहाँ (ख) अकबर

(ग) शेरशाह सूरी (घ) बाबर

821. हरियाणा की वह कौन सी प्राचीन पर्वतमाला है, जहाँ से पाषाणकालीन मानव के औजार मिलते हैं?

(क) शिवालिक पर्वतमाला (ख) अरावली पर्वतमाला

(ग) त्रिकुटा पर्वतमाला (घ) कोई नहीं

822. कौन से अभिलेख से यह जानकारी मिलती है कि हरियाणा राज्य की राजधानी दिल्ली थी?

(क) पेहोवा अभिलेख (ख) लाडनूं अभिलेख

(ग) मधुबन अभिलेख (घ) बाँसखेड़ा अभिलेख

उत्तर के लिए कृपया पृष्ठ सं. 197 देखें।

823. पोडषमहाजनपद काल में हरियाणा प्रदेश को किस नाम से जाना जाता था?

(क) यौद्धेय गणराज्य (ख) बहुधान्यक प्रदेश
(ग) कुरु प्रदेश (घ) हरितानक

824. नौवीं सदी का वह कौन सा ताम्रपत्र है, जिससे पता चलता है कि तत्कालीन समय में पेहोवा (हरियाणा) घोड़ों के व्यापार का प्रमुख केंद्र था?

(क) मधुबन ताम्रपत्र (ख) पेहोवा प्रशस्ति
(ग) सुघ अभिलेख (घ) कोई नहीं

825. सातवीं सदी के हरियाणा के पुष्यभूति वंश के शासक सम्राट् हर्षवर्द्धन की जानकारी किस ताम्रपत्र से होती है?

(क) पेहोवा ताम्रपत्र (ख) मधुबन ताम्रपत्र
(ग) सोनीपत ताम्रपत्र (घ) बाँसखेड़ा ताम्रपत्र

826. हरियाणा में बारह खड़ी की लिखाई का प्रमाण देनेवाला कौन सा अभिलेख है?

(क) सुघ अभिलेख (जगाधरी)
(ख) टोपरा अभिलेख (अंबाला)
(ग) पेहोवा अभिलेख (कुरुक्षेत्र)
(घ) मधुबन अभिलेख (करनाल)

827. प्रसिद्ध बौद्ध ग्रंथ 'दिव्यावदान' में हरियाणा के कौन से दो प्राचीन नगरों का उल्लेख मिलता है?

(क) अग्रोहा और रोहतक (ख) सोनीपत और रोहतक
(ग) अंबाला और जगाधरी (घ) पानीपत और करनाल

828. गुजरी महल हरियाणा के कौन से जिले में स्थित है?

(क) हिसार (ख) सिरसा
(ग) फतेहाबाद (घ) भिवानी

उत्तर के लिए कृपया पृष्ठ सं. 197 देखें।

829. सम्राट् हर्षवर्द्धन की ताम्र मुद्राएँ हरियाणा में कहाँ से प्राप्त हुई हैं?
(क) अंबाला (ख) कुरुक्षेत्र
(ग) सोनीपत (घ) रोहतक

830. हरियाणा में कौन-कौन से स्थानों से यौद्धेय गणराज्य की मुद्राएँ प्राप्त हुई हैं?
(क) मीताथल (भिवानी) (ख) खोखराकोट (रोहतक)
(ग) नौरंगाबाद (भिवानी) (घ) उपर्युक्त सभी

831. हरियाणा में मौर्यकालीन स्तूप, अभिलेख व अन्य अवशेष कहाँ-कहाँ से मिले हैं?
(क) हिसार (ख) अंबाला
(ग) फतेहाबाद (घ) उपर्युक्त सभी

832. इंडो-ग्रीक (Indo-Greek) राजाओं के सिक्के हरियाणा में कहाँ से प्राप्त हुए हैं?
(क) कुणाल (हिसार) (ख) थानेसर (कुरुक्षेत्र)
(ग) खोखरकोट (रोहतक) (घ) कोई नहीं

833. शीशेवाली मस्जिद हरियाणा में कहाँ पर स्थित है?
(क) रोहतक (ख) सोनीपत
(ग) रेवाड़ी (घ) गुड़गाँव

834. साहित्यिक स्रोतों से पता चलता है कि महाभारत युद्ध के बाद महाराज जनमेजय ने अपने पिता परीक्षित की साँप काटने से हुई मृत्यु का बदला लेने के लिए सर्पदमन यज्ञ किया था। कौन-से स्थान पर यह यज्ञ किया था?
(क) सफीदो (ख) गोहाना
(ग) जींद (घ) थानेसर

835. प्राचीन गुरुद्वारा 'मंजी साहब' हरियाणा के कौन से जिले में स्थित है?
(क) कैथल (ख) करनाल
(ग) अंबाला (घ) पंचकूला

उत्तर के लिए कृपया पृष्ठ सं. 197 देखें।

836. हरियाणा राज्य के किस मकबरे को पुरातत्त्वीय स्थल और अवशेष अधिनियम, 1958 (Archaeological site and remains Act-1958) के अधीन राष्ट्रीय महत्त्व का स्मारक घोषित किया गया है?
(क) शेख फरीद का मकबरा
(ख) शेख चिल्ली का मकबरा
(ग) इब्राहीम लोधी का मकबरा
(घ) इब्राहीम सूर का मकबरा

837. हरियाणा में हर्ष का टीला कहाँ पर स्थित है?
(क) थानेसर (कुरुक्षेत्र) (ख) खोखराकोट (रोहतक)
(ग) सुघ (जगाधरी) (घ) कोई नहीं

838. हरियाणा में कौन से स्थानों से विभिन्न राजाओं के सिक्के बनाने की टकसालें मिली हैं?
(क) अग्रोहा (ख) बरवाला
(ग) नौरंगाबाद (घ) खोखराकोट
(ङ) उपर्युक्त सभी

839. हरियाणा क्षेत्र में गुप्तकालीन शासक समुद्रगुप्त के सिक्के कहाँ से मिले हैं?
(क) कुरुक्षेत्र (ख) मीताथल
(ग) सुघ (घ) अग्रोहा

840. निम्न किस स्थान से प्राप्त चौहानवंशी राजा पृथ्वीराज द्वितीय का अभिलेख वहाँ के सामरिक महत्त्व को दरशाता है?
(क) हाँसी (ख) हिसार
(ग) सिरसा (घ) बिजोलिया

841. हरियाणा के कौन से शहर में किशोरी महल स्थित है, जिसका निर्माण जाट राजाओं ने 1754 से 1764 के बीच में करवाया था?
(क) पलवल (ख) होडल
(ग) हसनपुर (घ) बल्लभगढ़

उत्तर के लिए कृपया पृष्ठ सं. 197 देखें।

842. पेहोवा में प्रतिहार राजा महेंद्रपाल के एक शिलालेख (905 ई.) में किस बात का वर्णन किया गया है?

(क) मंदिरों के निर्माण का

(ख) मस्जिदों के निर्माण का

(ग) मदरसों के निर्माण का

(घ) हवेलियों के निर्माण का

843. हरियाणा क्षेत्र के किस काल की सभ्यता को 'सीसवाल सभ्यता' कहा जाता है?

(क) पूर्व पाषाणकाल (ख) नव पाषाणकाल

(ग) मध्य पाषाणकाल (घ) हड़प्पनकाल

844. हरियाणा में खुदाई के दौरान कौन से पुरातत्त्व स्थल मिले, जो हड़प्पा सभ्यता के पूर्व के थे?

(क) भिवानी में नौरंगाबाद और मीताथल

(ख) फतेहाबाद में कुणाल

(ग) हिसार में अग्रोहा

(घ) उपर्युक्त सभी

845. हरियाणा में किस स्थान से प्रतिहार राजाओं के सिक्के ढालने की टकसाल प्राप्त हुई है?

(क) माजरा (रोहतक) (ख) खोखराकोट (रोहतक)

(ग) अग्रोहा (हिसार) (घ) राखीगढ़ी (जींद)

846. हमारे देश में 52 शक्तिपीठ माने जाते हैं। हरियाणा में कौन सी एकमात्र शक्तिपीठ स्थित है, जिसके बारे में यह मान्यता है कि यहाँ पर पांडवों ने महाभारत युद्ध में जीत के बाद एक घोड़ा चढ़ाया था?

(क) कुरुक्षेत्र (ख) बेरी

(ग) पंचकूला (घ) गुड़गाँव

उत्तर के लिए कृपया पृष्ठ सं. 197 व 198 देखें।

847. हरियाणा में कहाँ से एक ईंट प्राप्त हुई है, जिस पर संगीत के सात सुर 'सा रे गा मा पा धा नी' अंकित हैं?

(क) सुघ (ख) अग्रोहा

(ग) बुड़िया (घ) कुणाल

848. सातवीं सदी के किस साहित्यिक स्रोत से हमें हरियाणा का नाम श्रीकंठ जनपद मिलता है?

(क) बाणभट्ट का 'हर्षचरित'

(ख) मैगस्थनीज की 'इंडिका'

(ग) कल्हण की 'राजतरंगिणी'

(घ) पाणिनी की 'अष्टाध्यायी'

849. कौन से अभिलेख से दिल्ली के चौहान राजाओं द्वारा हरियाणा को विजित करने का उल्लेख मिलता है?

(क) पेहोवा अभिलेख (ख) हाँसी अभिलेख

(ग) सुघ अभिलेख (घ) बिजौलिया अभिलेख

850. हरियाणा में स्थित वह सैंधव स्थल कौन सा है, जहाँ से चित्रित चूड़ियों के कोई प्रमाण नहीं मिले हैं?

(क) सीसवाल (ख) बनावली

(ग) कुणाल (घ) राखीगढ़ी

851. कौन से प्राचीन ग्रंथ में हरियाणा को 'बहुधान्यक' (धन-धान्य से परिपूर्ण) कहा गया है?

(क) अष्टाध्यायी (ख) महाभारत

(ग) रामायण (घ) वेद

852. हरियाणा में कांस्य की बनी हुई काफी मात्रा में जैन तीर्थंकरों की मूर्तियाँ कहाँ से प्राप्त हुई हैं?

(क) हाँसी (ख) रोहतक

(ग) सोनीपत (घ) पलवल

उत्तर के लिए कृपया पृष्ठ सं. 198 देखें।

853. हरियाणा के किस प्राचीन नगर को बावड़ियों और 'तालाबों का नगर' कहा जाता है?

(क) रोहतक (ख) यमुनानगर

(ग) नारनौल (घ) गुरुग्राम

854. हरियाणा के कौन से नगर से कुषाणकालीन सोने व चाँदी के सिक्के प्राप्त हुए हैं?

(क) दौलतपुर (ख) हाँसी

(ग) अग्रोहा (घ) मीताथल

855. कौन से शहर से कुषाणकालीन मूर्तियों की प्राप्ति हुई?

(क) रोहतक (ख) सोनीपत

(ग) भिवानी (घ) यमुनानगर

856. कुरुक्षेत्र के प्रसिद्ध ब्रह्मसरोवर का निर्माण किस राजा ने करवाया था?

(क) राजा कुरु (ख) परीक्षित

(ग) जनमेजय (घ) भरत

857. किस पुराण में कहा गया है कि राजा कुरु ने कुरुक्षेत्र में हल चलाया था?

(क) शिव पुराण (ख) वामन पुराण

(ग) विष्णु पुराण (घ) वायु पुराण

858. भगवान् श्रीकृष्ण ने कौन से पौराणिक स्थान पर अर्जुन को गीता का उपदेश दिया था?

(क) पेहोवा (ख) अमीन

(ग) ज्योतिसर (घ) ब्रह्मसरोवर

859. कौन से स्थान से प्राप्त सिक्कों से पता चलता है कि प्राचीन काल में हिसार क्षेत्र में 'अग्र' गणराज्य था, जिसने यौद्धेयों के साथ मिलकर कुषाणों को पराजित किया था?

(क) बरवाला (ख) अग्रोहा

(ग) हाँसी (घ) उपर्युक्त सभी

उत्तर के लिए कृपया पृष्ठ सं. 198 देखें।

860. सैंधव ईंटों से अलग एक विचित्र आकार-प्रकार की ईंटें हरियाणा के कौन से सैधव स्थल में प्राप्त हुई हैं?

(क) बनावली (ख) दौलतपुर

(ग) कुणाल (घ) भिरडाना

861. तीसरी सदी ई.पू. की हरियाणा से प्राप्त सबसे प्राचीन मूर्तियाँ कौन सी मानी जाती हैं?

(क) पशुपति शिव (ख) विष्णु

(ग) यक्ष-यक्षिणी (घ) सूर्य

862. प्राचीन ग्यारह रुद्री शिव मंदिर कहाँ पर स्थित है?

(क) रोहतक (ख) सोनीपत

(ग) कैथल (घ) करनाल

863. भारत की पहली महिला शासिका रजिया सुल्ताना (1236-40) का मकबरा कहाँ पर स्थित है?

(क) पानीपत (ख) हिसार

(ग) कैथल (घ) नारनौल

864. हरियाणा में कौन से पुरास्थल से नवपाषाणकालीन कृषक बस्तियों के प्रमाण मिलते हैं?

(क) सीसवाल (ख) कुणाल

(ग) बनावली (घ) राखीगढ़ी

865. 1857 ई. की क्रांति के दौरान अंग्रेजों से लोहा लेनेवाले वीर क्रांतिकारी राजा नाहरसिंह का किला किस जिले में स्थित है?

(क) करनाल (ख) कुरुक्षेत्र

(ग) बल्लभगढ़ (घ) भिवानी

866. सबसे प्राचीन यक्ष-यक्षिणियों की मूर्तियाँ कौन-कौन से स्थानों से प्राप्त हुई हैं?

(क) भादस (ख) हथीन

(ग) पलवल (घ) उपर्युक्त सभी

उत्तर के लिए कृपया पृष्ठ सं. 198 देखें।

867. सातवीं सदी के उत्तरी भारत के अंतिम हिंदू राजा हर्षवर्द्धन ने अपनी राजधानी किसे बनाया था?

(क) थानेसर (ख) कैथल

(ग) करनाल (घ) हिसार

868. हरियाणा का सबसे पुराना और सबसे बड़ा सैंधव-सरस्वती पुरास्थल कौन सा माना जाता है?

(क) मीताथल (ख) बनावली

(ग) राखीगढ़ी (घ) सुघ

869. अग्रोहा (हिसार) के टीले का उत्खनन कौन से पुरातत्त्वविद् द्वारा कराया गया था?

(क) एच.एल. श्रीवास्तव (ख) जे.पी. जोशी

(ग) यज्ञदत्त शर्मा (घ) धर्मवीर शर्मा

870. हाँसी (हिसार) में प्राचीन आसीगढ़ के किले का निर्माण कब कराया गया था?

(क) 12वीं सदी में (ख) 13वीं सदी में

(ग) 17वीं सदी में (घ) 18वीं सदी में

871. 12वीं सदी में हाँसी और तरावड़ी किलों का निर्माण कौन से शासक द्वारा कराया गया था?

(क) शेरशाह सूरी (ख) मुहम्मद तुगलक

(ग) पृथ्वीराज चौहान (घ) कोई नहीं

872. तुर्क आक्रमणकारी महमूद गजनवी ने हर्षकालीन राजधानी थानेसर पर आक्रमण करके तहस-नहस कब किया था?

(क) 1013 ई. में (ख) 1014 ई. में

(ग) 1016 ई. में (घ) 1017 ई. में

873. सम्राट् हर्ष के किस पूर्वज द्वारा थानेसर के पास स्थानेश्वर महादेव मंदिर का निर्माण करवाया गया था?

(क) प्रभाकरवर्द्धन (ख) राज्यवर्द्धन

(ग) पुष्यभूति (घ) नरवर्द्धन

उत्तर के लिए कृपया पृष्ठ सं. 198 देखें।

874. पांडु-पिंडारा नामक हरियाणा का प्रसिद्ध प्राचीन धार्मिक स्थल है, जिसका संबंध पांडवों से माना जाता है, यह किस जिले में स्थित है?

(क) जींद (ख) कुरुक्षेत्र
(ग) करनाल (घ) रोहतक

875. हरियाणा से प्राप्त सैंधव पुरास्थलों में राखीगढ़ी के बाद कौन सा सबसे बड़ा स्थल है?

(क) बनावली (ख) दक्ष खेड़ा
(ग) कुणाल (घ) भिरडाना

876. थानेसर स्थित शेख चिल्ली के मकबरे का निर्माण किसने करवाया था?

(क) अकबर (ख) शाहजहाँ
(ग) औरंगजेब (घ) दाराशिकोह

877. बालू पुरास्थल का उत्खनन कार्य किसने करवाया था?

(क) डॉ. उदयवीर सिंह तथा डॉ. सूरजभान ने
(ख) डॉ. मनमोहन कुमार तथा डॉ. अमर सिंह ने
(ग) डॉ. बी.बी. लाल तथा बी.के. थापर ने
(घ) कोई नहीं

878. प्राचीन सरस्वती नदी के तट पर कौन सा सैंधव पुरास्थल स्थित है?

(क) बनावली (ख) राखीगढ़ी
(ग) कुणाल (घ) सुघ

879. कुरुक्षेत्र जिले में स्थित भगवानपुरा नामक पुरास्थल से क्या प्राप्त हुआ है?

(क) ताँबे के हत्थेवाला गँड़ासा
(ख) मिट्टी की कच्ची ईंटों से बने मकान
(ग) मिट्टी के बर्तन तथा ठीकरे
(घ) चित्रित धूसर मृदभांड

उत्तर के लिए कृपया पृष्ठ सं. 198 देखें।

880. हरियाणा में मूर्तिकला के प्रथम तथा प्राचीन अवशेष आचार्य भगवानदेव को कौन से गाँव से प्राप्त हुए थे, जो कि आजकल झज्जर म्यूजियम में रखे हुए थे?

(क) किलोई (ख) माजरा

(ग) अस्थल बोहर (घ) सुंघ

881. रोहतक के अस्थल बोहर से प्राप्त वराह तथा रेवाड़ी के कोसली से प्राप्त विष्णु, ये दोनों ही कलाकृतियाँ भारतीय इतिहास के किस काल का प्रतिनिधित्व करती हैं?

(क) मौर्य काल (ख) कुषाण काल

(ग) गुप्त काल (घ) हर्ष काल

882. सम्राट् अकबर के नवरत्नों में से एक बीरबल भी था। हरियाणा में 'बीरबल का छत्ता' नामक इमारत कहाँ पर स्थित है?

(क) हाँसी (ख) रेवाड़ी

(ग) नारनौल (घ) रोहतक

883. किस वेद में हरियाणा की दो प्राचीन नदियों का उल्लेख मिलता है, जो आज लुप्त हैं, लेकिन उनके तट पर कई पुरास्थल स्थित हैं?

(क) ऋग्वेद (ख) सामवेद

(ग) यजुर्वेद (घ) अथर्ववेद

884. हरियाणा के कौन से जिले से कुषाणकालीन मूर्तियों की प्राप्ति हुई है?

(क) रोहतक (ख) सोनीपत

(ग) झज्जर (घ) हिसार

885. छठी सदी ई.पू. में हरियाणा में कौन-कौन से गणराज्य थे, जिनके सिक्के हरियाणा के विभिन्न पुरास्थलों से प्राप्त हुए हैं?

(क) कुरु (ख) यौद्धेय

(ग) अग्र (घ) आर्जुनायन

(ङ) उपर्युक्त सभी

उत्तर के लिए कृपया पृष्ठ सं. 198 देखें।

886. लौहगढ़ का किला किस वीर से संबंधित है?

(क) गुरु गोविंद सिंह (ख) गुरु तेग बहादुर

(ग) बंदा बैरागी (घ) कोई नहीं

887. गोहाना का वह कौन सा स्वतंत्रता सेनानी था, जो 13 अप्रैल, 1919 को जलियाँवालाबाग हत्याकांड के समय उसी बाग में मौजूद था?

(क) कन्हैया सिंह (ख) हरदेवा

(ग) हरफूल जाट (घ) कृपाराम

888. सबसे प्राचीन स्तूप पाँचवीं सदी ई.पू. का पीपरवा स्तूप माना जाता है, जो कि नेपाल सीमा पर स्थित है और इसमें शाक्यों ने बुद्ध के पवित्र अवशेषों को रखा था। इस स्तूप की खोज कब तथा किसने की थी?

(क) 1940 में जान मार्शल ने

(ख) 1962 में कनिंघम ने

(ग) 1898 में डब्ल्यू.सी. पेपे ने

(घ) 1954 में जे.पी. जोशी ने

889. बौद्ध साहित्य के अनुसार स्तूप बनाने के लिए कौन सी जगह सबसे उपयुक्त होती है?

(क) वह स्थान, जो नगर से न ज्यादा पास और न ही दूर हो

(ख) स्तूप तक पहुँचने के लिए आवागमन सुविधाजनक हो

(ग) जहाँ अधिक भीड़ नहीं हो तथा रात में भय और शोर न हो

(घ) नर गंध से मुक्त हो तथा लोगों से छुपा हुआ हो

(ङ) उपर्युक्त सभी

890. जावा के शासक बौद्ध धर्म में सविशेष भक्ति रखते थे। स्तूप निर्माण में उनकी प्रमुख देन कौन सी मानी जाती है?

(क) बोरोबुदूर स्तूप (ख) धमेख स्तूप

(ग) धर्मरजिका स्तूप (घ) कोई नहीं

उत्तर के लिए कृपया पृष्ठ सं. 198 देखें।

891. मध्यकाल के राजपूत शासकों द्वारा अपने मृत व्यक्तियों के अवशेषों पर विशाल स्मारक बनाए गए। इन स्मारकों को क्या कहा जाता था?

(क) समाधि (ख) छतरी
(ग) कब्र (घ) मकबरा

892. जम्मू-कश्मीर में मकबरों को किस नाम से जाना जाता है?

(क) जियारत (ख) मस्जिद
(ग) मकतबा (घ) मदरसा

893. छठी सदी ई.पू. की प्राचीन भारतीय मुद्राओं के पुरातात्त्विक प्रमाणों के अलावा कौन-कौन से साहित्यक प्रमाण प्राप्त होते हैं?

(क) पाणिनी की अष्टाध्यायी
(ख) कौटिल्य का अर्थशास्त्र
(ग) याज्ञवल्क्य स्मृति
(घ) बौद्ध और जैन ग्रंथ
(ङ) रामायण और महाभारत
(च) उपर्युक्त सभी

894. छठी सदी ई.पू. की भारत की मुद्रा निर्माण कला को विदेशी अनुकरण कौन-कौन से विद्वान् मानते हैं?

(क) विल्सन (ख) जॉन एलन
(ग) प्रिंसेप (घ) उपर्युक्त सभी

895. 'प्राचीन भारतीय सिक्के मौलिक हैं तथा उनकी निर्माण शैली पूर्णतः भारतीय है', ऐसा कौन-कौन से पुरातत्त्ववेत्ताओं ने माना है?

(क) कनिंघम (ख) एडवर्ड थॉमस
(ग) रेप्सन (घ) उपर्युक्त सभी

896. विभिन्न पुरास्थलों से चाँदी एवं ताँबे की बनी हुई प्राचीन आहत मुद्राएँ लगभग कितनी संख्या में मिली हैं?

(क) 10,000 (ख) 20,000
(ग) 30,000 (घ) 50,000

उत्तर के लिए कृपया पृष्ठ सं. 198 देखें।

897. छठी सदी ई.पू. की प्राचीन आहत मुद्राओं को बनाने में कौन-कौन सी विधियाँ प्रयोग की जाती थीं?

(क) आहत विधि
(ख) ठप्पा पद्धति
(ग) साँचा पद्धति
(घ) उपर्युक्त सभी

898. लोक कला के विविध आयाम, जैसे यक्ष-यक्षिणियाँ, नाग, वृक्ष, मिथुन, वनस्पति, जीव-जगत् तथा ग्राम्य जीवन की विभिन्न आकृतियाँ कौन से स्तूपों पर अंकित हैं?

(क) साँची स्तूप (ख) भरहुत
(ग) धमेख (घ) मथुरा
(ङ) उपर्युक्त सभी

899. स्तूपों पर उकेरे गए महात्मा बुद्ध के जीवन से संबंधित प्रकरणों की पुष्टि कौन-कौन से ग्रंथों से भी होती है?

(क) रामायण (ख) महाभारत
(ग) बौद्ध साहित्य (घ) उपर्युक्त सभी

900. भारत में योग कला अत्यंत प्राचीन मानी गई है। इस तथ्य की पुष्टि के लिए कौन सा पुरातात्त्विक प्रमाण सर्वाधिक प्राचीन है?

(क) हड़प्पा से प्राप्त योगी की मूर्ति
(ख) जैन मूर्तियाँ
(ग) बौद्ध मूर्तियाँ
(घ) कोई नहीं

901. लगभग सभी सैंधव पुरास्थलों से असंख्य मृण-मूर्तियाँ प्राप्त होती हैं। पुरातत्त्ववेताओं को कौन-कौन सी तीन प्रकार की मूर्तियाँ प्राप्त हुई हैं?

(क) पुरुषों की (ख) नारियों की
(ग) पशु-पक्षियों की (घ) उपर्युक्त सभी

उत्तर के लिए कृपया पृष्ठ सं. 198 देखें।

902. सभी प्राचीन सभ्यताओं में मातृशक्ति की पूजा विद्यमान थी, क्योंकि नारी की प्रजनन शक्ति तथा पोषण शक्ति ने आदिम समाज में भय एवं विस्मय पैदा कर दिया था। भारत के संदर्भ में इस तथ्य की पुष्टि के कौन से पुरातात्त्विक प्रमाण हैं?

(क) असंख्य नारी मृण मूर्तियाँ

(ख) योनि की आकृतियाँ

(ग) हड़प्पन मोहर पर गर्भ से निकलता पौधा

(घ) उपर्युक्त सभी

903. सैंधव काल में धातु कला अत्यंत विकसित थी। इसके क्या पुरातात्त्विक प्रमाण हैं?

(क) काँसे की नर्तकी की मूर्ति

(ख) सोने-चाँदी व ताँबे के आभूषण

(ग) मुद्राएँ एवं मोहरे

(घ) उपर्युक्त सभी

904. मैगस्थनीज ने 'इंडिका' तथा फाहियान ने 'फी-यू-की' में मौर्यकालीन भवनों का खूबसूरत विवरण दिया है। कुम्हरार (पटना) नामक पुरास्थल से पुरातत्त्ववेत्ताओं को मौर्यकालीन लकड़ी के भवन के प्रमाण भी मिले हैं। कौन से मौर्य शासक ने लकड़ी के स्थान पर निर्माण कार्यों में पत्थर का प्रयोग किया था?

(क) चंद्रगुप्त मौर्य (ख) बिंदुसार

(ग) सम्राट् अशोक (घ) कुणाल

905. भारतीय पुरातत्त्व की दृष्टि ने सबसे प्राचीन भारतीय स्थापत्य कला का प्रमाण कौन सा है?

(क) मोहनजोदड़ो का स्तंभोंवाला हॉल

(ख) कुम्हरार का मौर्य सभाभवन

(ग) साँची एवं भरहुत स्तूप

(घ) कोई नहीं

उत्तर के लिए कृपया पृष्ठ सं. 198 व 199 देखें।

906. सम्राट् अशोक तथा उसके पौत्र दशरथ ने बौद्ध-भिक्षुओं के लिए विशाल पर्वत शिलाओं को काटकर गुफाओं का निर्माण करवाया या जो कि अपनी चमक (पॉलिश) के कारण प्रसिद्ध है। ये गुफाएँ कौन से राज्य में स्थित हैं?

(क) बिहार (ख) बंगाल

(ग) उड़ीसा (घ) कर्नाटक

907. मौर्यकालीन गुफाओं में सर्वाधिक प्रसिद्ध कौन-कौन सी गुफाएँ हैं?

(क) लोमश ऋषि गुफा

(ख) सुदामा गुफा

(ग) गोपी गुफा

(घ) कर्ण-चौपाल गुफा

(ङ) उपर्युक्त सभी

908. मौर्यकालीन स्तूपों-साँची एवं भरहुत के अपखंड (टुकड़े) कौन-कौन से म्यूजियमों की शोभा बढ़ा रहे हैं?

(क) ब्रिटिश म्यूजियम लंदन (ख) कलकत्ता म्यूजियम

(ग) इलाहाबाद म्यूजियम (घ) मथुरा म्यूजियम

(ङ) दिल्ली म्यूजियम (च) उपर्युक्त सभी

909. साँची एवं भरहुत के स्तूपों के अंकन एवं मूर्तन अत्यंत सजीव एवं स्वाभाविक हैं। इन पर भक्ति रस के अलावा कौन-कौन से हास्य रस के चित्र बनाए गए हैं?

(क) हाथी की बरात

(ख) बाजा बजाता मंदिरों का समूह

(ग) प्लास जैसे औजार से मनुष्य द्वारा हाथी का दाँत निकालना

(घ) उपर्युक्त सभी

910. मौर्यकाल में विभिन्न संप्रदायों के भिक्षुओं के रहने के लिए 'विहार' बनाए गए थे। कौन-कौन से स्थानों से विहार मिले हैं?

(क) नासिक (ख) अजंता

(ग) बेडसा (घ) उपर्युक्त सभी

उत्तर के लिए कृपया पृष्ठ सं. 199 देखें।

911. मौर्यकालीन यक्ष-यक्षिणियों की मूर्तियों पर लोककला तथा लोकजीवन का व्यापक प्रभाव दृष्टिगोचर होता है। ये मूर्तियाँ कौन-कौन से स्थलों से प्राप्त हुई हैं?
(क) परखम की यक्ष मूर्ति
(ख) नोह की यक्ष मूर्ति
(ग) दीदारगंज की यक्षिणी मूर्ति
(घ) ग्वालियर, बेसनगर की यक्ष मूर्तियाँ
(ङ) उपर्युक्त सभी

912. सम्राट् अशोक के कौन-कौन से लघु शिलालेख मिलते हैं?
(क) सारनाथ
(ख) साँची
(ग) इलाहाबाद
(घ) लुंबिनी
(ङ) उपर्युक्त सभी

913. मौर्यकालीन प्रस्तर कला की प्रमुख विशेषताएँ क्या-क्या हैं?
(क) सर्वत्र चुनार के पत्थर का प्रयोग
(ख) विशेष प्रकार की पॉलिशिंग
(ग) भावाभिव्यक्ति की अद्वितीय क्षमता
(घ) प्रस्तर कार्य में भी उद्‌भुत कोमलता एवं लचीलापन
(ङ) उपर्युक्त सभी

914. जैन तीर्थकरों की मूर्तियाँ तथा बुद्ध एवं बोधिसत्त्वों की मूर्तियाँ देखने में एक जैसी लगती हैं। जैन एवं बौद्ध मूर्तियों में मुख्यतः क्या अंतर होता है?
(क) तीर्थंकरों की मूर्तियों के वक्षस्थल पर श्रीवत्स चिह्न होना
(ख) बौद्ध मूर्तियों पर श्रीवत्स चिह्न होना
(ग) दोनों पर श्रीवत्स चिह्न
(घ) कोई नहीं

उत्तर के लिए कृपया पृष्ठ सं. 199 देखें।

915. हिंदू धर्म के सभी पौराणिक देवी-देवताओं की मूर्तियों का निर्माण किस काल में हुआ माना जाता है?
(क) मौर्यकाल
(ख) सैंधव काल
(ग) कुषाण काल
(घ) गुप्त काल

916. गुप्तकाल में निर्मित सुल्तानगंज (भागलपुर-बिहार) से प्राप्त महात्मा बुद्ध की अभयमुद्रा से बनी ताम्रमूर्ति, जो कि 7 फीट 6 इंच ऊँची है, गुप्तकालीन कला का सर्वश्रेष्ठ एवं अनुपम उदाहरण है। वर्तमान समय में यह कहाँ पर रखी हुई है?
(क) बरमिंघम संग्रहालय (इंग्लैंड)
(ख) मैडम टुसाद संग्रालय (फ्रांस)
(ग) नेशनल म्यूजियम
(घ) कलकत्ता म्यूजियम

917. गुप्तकाल में बोधिसत्वों की कौन-कौन सी मूर्तियों का निर्माण किया गया था?
(क) अवलोकितेश्वर (ख) मैत्रेय
(ग) मंजुश्री (घ) उपर्युक्त सभी

918. गुप्तकाल में पौराणिक धर्म का उत्थान हुआ तथा पौराणिक देवताओं में मूर्तनों के रूप में वैष्णव धर्म के कौन-कौन से अवतारों की मूर्तियाँ गुप्तकाल में बनाई गई थीं?
(क) मत्स्य (ख) कच्छप
(ग) वराह (घ) उपर्युक्त सभी

919. गुप्तकाल में बनी सूर्य की भव्य एवं आकर्षक मूर्ति कहाँ से प्राप्त हुई है?
(क) कौशांबी (ख) औषाढ़
(ग) सतना (घ) काशी

उत्तर के लिए कृपया पृष्ठ सं. 199 देखें।

920. उत्तर गुप्तकाल में बना हुआ महाबौधि मंदिर, फाह्यान और ह्वेनसांग ने भी देखा था और यह शिखर शैली का अनुपम उदाहरण है। यह मंदिर कहाँ पर स्थित है?
(क) गया (पटना)
(ख) अनुराधापुर (श्रीलंका)
(ग) साँची (मध्य प्रदेश)
(घ) सारनाथ (उत्तर-प्रदेश)

921. गुप्तकालीन चित्रकला के सर्वश्रेष्ठ उदहारण कहाँ-कहाँ पर मिलते हैं?
(क) अजंता की गुफाएँ
(ख) बाघ की गुफाएँ
(ग) लंका की सिगीरिया गुफाएँ
(घ) उपर्युक्त सभी

922. पुरातत्त्ववेत्ताओं के अनुसार हमारे देश में शिव-पूजा सैंधव काल से शुरू हो गई थी, लेकिन शिव के अर्द्धनारीश्वर रूप की रचना तथा एकमुखी तथा चतुर्मुखी शिवलिंगों का निर्माण किस काल में हुआ था?
(क) सैंधव काल
(ख) शुंग-कुषाण काल
(ग) गुप्तकाल
(घ) उत्तर-गुप्तकाल

923. गुप्तकालीन किस गुफा में लंका के राजा रावण के परिवार के ओजस्वी एवं सशक्त चित्र बने हैं तथा रावण द्वारा कैलाश पर्वत को उठाने का चित्र बना हुआ है?
(क) दशावतार गुफा
(ख) उदयगिरि एवं खंडगिरि गुफा
(ग) कैलाश गुफा
(घ) सुदामा गुफा

उत्तर के लिए कृपया पृष्ठ सं. 199 देखें।

924. भारत का चौथी सदी ई. पू. का सबसे प्राचीन मंदिर कौन सा माना जाता है?
(क) साँची मंदिर (ख) चितौड़गढ़ मंदिर
(ग) देवगढ़ मंदिर (घ) भूमरा मंदिर

925. मंदिर निर्माण की द्राविड़ शैली, जिसमें कृष्णा, तुंगभद्रा तथा नासिक से कुमारी अंतरीप तक बने मंदिर आते हैं। ऐसे प्रमुख मंदिर कहाँ पर स्थित है?
(क) तंजौर (ख) मथुरा
(ग) कांची (घ) उपर्युक्त सभी

926. ऐलीफेंटा (बंबई) की गुफाओं में आठवीं सदी के कौन से देवता का मंदिर बना हुआ है?
(क) शिव (ख) महेश
(ग) विष्णु (घ) हरिहर

927. दक्षिण भारत में महाबलिपुरम् में पल्लव राजाओं द्वारा बनाए गए रथ मंदिरों को कब विश्व विरासत सूची (World Heritage sites) में शामिल किया गया था?
(क) 1980 (ख) 1981
(ग) 1982 (घ) 1983

928. महाबलिपुरम् के ये रथमंदिर, जिनको 'सात पगौड़ा' भी कहा जाता है, किन-किन को समर्पित हैं?
(क) पाँच पांडव (ख) द्रौपदी
(ग) गणेश (घ) उपर्युक्त सभी

929. पुरातत्त्ववेत्ताओं द्वारा माना गया सर्वाधिक प्राचीन ई.पू. चौथी सदी का चितौड़गढ़ मंदिर कौन-कौन से देवताओं को समर्पित है?
(क) संकर्षण (बलदेव) (ख) वासुदेव (श्रीकृष्ण)
(ग) दोनों को (घ) कोई नहीं

उत्तर के लिए कृपया पृष्ठ सं. 199 देखें।

930. भारतीय चित्रकला की कौन-कौन सी प्रमुख शैलियाँ मानी जाती हैं?
(क) अजंता शैली (ख) गुजरात शैली
(ग) मुगल शैली (घ) राजपूत शैली
(ङ) दक्खनी शैली (च) काँगड़ा शैली
(छ) वर्तमान शैली (ज) उपर्युक्त सभी

931. कलकत्ता में विक्टोरिया मैमोरियल का वास्तुकार कौन था?
(क) जार्ज क्लार्क (ख) डब्ल्यू इमर्सन
(ग) लुटियन (घ) कोई नहीं

932. प्रौगोतिहासिक काल का सर्वप्रथम अनाज उगानेवाला पुरास्थल कहाँ पर स्थित है?
(क) पश्चिमी ब्लूचिस्तान (ख) घग्गर के किनारे
(ग) बोलन नदी घाटी (घ) कोई नहीं

933. भारत में पुरापाषाण काल के सर्वाधिक औजार किस पत्थर के बने हुए मिलते हैं?
(क) क्वार्टजाइट (ख) स्टेटाइट
(ग) अगेट (घ) कोई नहीं

934. कलकत्ता का प्रसिद्ध दक्षिणेश्वर काली मंदिर कब बनाया गया था?
(क) 1850 (ख) 1852
(ग) 1854 (घ) 1855

935. भारत का सबसे बड़ा कलकत्ता संग्रहालय, जिसमे 40 गैलरी हैं, कब बनाया गया था?
(क) 1814 (ख) 1914
(ग) 1920 (घ) 1935

936. 9वीं सदी में पाल वंश के कौन से शासक द्वारा विक्रमशिला विश्वविद्यालय की स्थापना की गई थी, जिसके पुरावशेष पुरातत्त्ववेत्ताओं को भागलपुर (बिहार) से प्राप्त हुए हैं?
(क) धर्मपाल (ख) जयपाल
(ग) रुद्रपाल (घ) राजपाल

उत्तर के लिए कृपया पृष्ठ सं. 199 देखें।

937. सातवीं सदी में गुप्त वंश के शासक कुमारगुप्त द्वारा कौन से विश्वविद्यालय की स्थापना की गई थी, जिसके पुरावशेष बिहार से मिले हैं?

(क) तक्षशिला (ख) नालंदा

(ग) विक्रमशिला (घ) कोई नहीं

938. बड़सी गेट, जिसका निर्माण 1304-05 में हुआ था, कहाँ पर स्थित है?

(क) हाँसी (ख) हिसार

(ग) सिरसा (घ) फतेहाबाद

939. हरियाणा में 11वीं सदी का बना हुआ भीमा देवी मंदिर कहाँ पर स्थित है?

(क) पिजौर (ख) पंचकूला

(ग) अंबाला (घ) कुरुक्षेत्र

940. श्रीनगर में मुगल सम्राट् जहाँगीर द्वारा 1619 ई. में शालीमार बाग किसके लिए बनवाया था?

(क) नूरजहाँ (ख) मुमताज महल

(ग) माहम अनगा (घ) कोई नहीं

941. श्रीनगर में स्थित मुसलमानों की जियारत का पवित्र स्थल, जहाँ पर मुहम्मद साहब का एक बाल रखा गया है, क्या कहलाता है?

(क) हजरत बल (ख) दरगाह

(ग) मस्जिद (घ) मदरसा

942. 1526 ई. के पानीपत के प्रथम युद्ध में बाबर ने इब्राहीम लोधी पर विजय प्राप्त करने के उपलक्ष्य में पानीपत में कौन सी मस्जिद का निर्माण करवाया था?

(क) काबुली मस्जिद (ख) जामा मस्जिद

(ग) मोती मस्जिद (घ) कोई नहीं

उत्तर के लिए कृपया पृष्ठ सं. 199 देखें।

943. 1761 ई. में पानीपत का तीसरा युद्ध मराठों तथा अहमदशाह अब्दाली के बीच लड़ा गया। इस युद्ध की स्मृति के लिए पानीपत का कौन सा स्थल है?

(क) लाल अंब (ख) काला अंब

(ग) पीला अंब (घ) कोई नहीं

944. कुषाणकालीन स्तूप के अवशेष एक टीले के रूप में कहाँ पर विद्यमान हैं?

(क) असंध (ख) चनेट

(ग) सुध (घ) आदिबद्री

945. आगरा से लेकर लाहौर तक प्राचीन शाही राजमार्ग पर दूरी को चिह्नित करने के लिए ईंटों की बनी गोल संरचनाएँ क्या कहलाती हैं?

(क) कोस मीनार (ख) लैंडमार्क

(ग) बैंचमार्क (घ) कोई नहीं

946. महाराष्ट्र के औरंगाबाद जिले में अजंता की गुफाएँ एक ब्रिटिश सेनाधिकारी द्वारा कब खोजी गई थीं?

(क) 1819 में (ख) 1820 में

(ग) 1821 में (घ) 1822 में

947. भोपाल मंडल ने खुजराहो स्थित एक टीले का उत्खनन कब किया था, जिसके फलस्वरूप चंदेलकालीन पकी ईंटों के मंदिर के अवशेष प्राप्त हुए?

(क) 1981 से 1989 (ख) 1989-92

(ग) 1992 से 97 (घ) कोई नहीं

948. राष्ट्रीय महत्त्व के किसी भी स्मारक के चारों ओर कितने मीटर का क्षेत्र नव निर्माण या खनन क्रिया हेतु पूर्णतः प्रतिबंधित है?

(क) 100 मी. (ख) 200 मी.

(ग) 300 मी. (घ) 400 मी.

उत्तर के लिए कृपया पृष्ठ सं. 199 देखें।

949. यूनेस्को द्वारा अजंता, एलोरा, ऐलीफेंटा गुफाओं को इनके अंतरराष्ट्रीय महत्त्व को देखते हुए कब विश्वदाय स्मारक के रूप में सूचीबद्ध किया था?

(क) 1981 (ख) 1982

(ग) 1983 (घ) 1984

950. पंजाब के जालंधर जिले में स्थित नूर महल 1620-21 में किसके द्वारा बनवाया गया था?

(क) नूरजहाँ (ख) जहाँगीर

(ग) शाहजहाँ (घ) कोई नहीं

951. 1619 ई. में सम्राट् जहाँगीर द्वारा राष्ट्रीय राजमार्ग (आगरा-लाहौर) पर बनवाई गई कोस मीनारें कितनी दूरी पर बनवाई गई थीं?

(क) 4.50 कि.मी. (ख) 5 कि.मी.

(ग) 5.50 कि.मी. (घ) कोई नहीं

952. 1556 ई. में सम्राट् अकबर का राज्यभिषेक कहाँ पर किया गया था, उस पुरास्थल को 'तख्त-ए-अकबरी' के नाम से जाना जाता है?

(क) कलानौर (ख) पानीपत

(ग) अमरकोट (घ) कोई नहीं

953. 1947 में स्वतंत्रता-प्राप्ति के बाद कौन से सैंधव स्थल का उत्खनन किया गया था?

(क) संघोल (ख) रोपड़

(ग) मीताथल (घ) धौलावीरा

954. अमृतसर में स्थित सिख वास्तुकला का नमूना क्या है, जिसे महाराजा रणजीत सिंह ने बनवाया था और जो 'चारबाग पैटर्न' पर आधारित है?

(क) राम बाग (ख) कृष्ण बाग

(ग) सुदामा बाग (घ) कोई नहीं

उत्तर के लिए कृपया पृष्ठ सं. 199 देखें।

955. कोलकाता (कलकत्ता) से 693 कि.मी. दूर 'कूच बिहार पैलेस' 1887 में कौन से महाराजा द्वारा बनवाया गया था?
(क) महाराजा सूर्य नारायण (ख) महाराजा नृपेंद्र नारायण
(ग) महाराजा चंद्र नारायण (घ) वासुदेव नारायण

956. भारतीय पुरातत्त्व सर्वेक्षण द्वारा देश के विभिन्न भागों में कुल कितने स्थल संग्रहालय स्थापित किए गए है?
(क) 35 (ख) 36
(ग) 37 (घ) 38

957. थाईलैंड, चीन, जापान और तिब्बत द्वारा भारत के कौन से स्थान पर बौद्ध मंदिर बनाए गए हैं?
(क) बौद्ध गया (ख) सारनाथ
(ग) काशी (घ) साँची

958. ओडिशा (उड़ीसा) के कोणार्क सूर्य मंदिर में निर्मित कौन सा पशु है, जिसे ओडिशा सरकार ने अपनी सरकारी मोहर के रूप में स्वीकार किया है?
(क) हाथी (ख) घोड़ा
(ग) सिंह (घ) हिरण

959. भुवनेश्वर में 1100 ई. में उत्कल के केशरी वंशी नरेश ललाटेंदु ने कौन से मंदिर का निर्माण करवाया था?
(क) लिंगराज मंदिर (ख) कोणार्क मंदिर
(ग) राजा रानी मंदिर (घ) मुक्तेश्वर मंदिर

960. सम्राट् अशोक का कलिंग विजय के बाद (261 ई.पू.) हजारों शवों को देखकर हृदय परिवर्तन हुआ था और अशोक चंड अशोक से धर्म अशोक बन गए थे। भुवनेश्वर के उस स्थान पर जापानीज द्वारा कौन सा स्तूप बनाया गया है?
(क) शांति स्तूप (ख) धर्म स्तूप
(ग) बौद्ध स्तूप (घ) कोई नहीं

उत्तर के लिए कृपया पृष्ठ सं. 199 देखें।

961. 12वीं सदी में गंग वंश के प्रतापी राजा अनतवर्मन चोडगंग देव के द्वारा कौन सा ऐतिहासिक मंदिर बनवाया गया था?

(क) श्री जगन्नाथ मंदिर (पुरी)
(ख) कोणार्क मंदिर
(ग) राजेश्वर मंदिर
(घ) लिंगराज मंदिर

962. हजारद्वारी पैलेस का निर्माण 1824 से 1838 के दौरान कौन से बंगाल के नवाब द्वारा करवाया गया था?

(क) मुर्शीदकुली खाँ
(ख) अलीवर्दी खाँ
(ग) नाजिम हुमायूँ
(घ) कोई नहीं

963. गुजरात में स्थित हाथब (भावनगर) का उत्खनन भारतीय पुरातत्त्व सर्वेक्षण द्वारा कब किया गया था? इस पुरास्थल से प्राप्त पुरावशेषों से प्रथम सदी में भारत-रोम के बीच व्यापारिक संबंधों की जानकारी होती है?

(क) 2001 में (ख) 2002 में
(ग) 2003 में (घ) 2004 में

964. कुषाण तथा गुप्तकाल के ईंटों के बने हुए तीन स्तूप पंजाब के कौन से पुरास्थल से प्राप्त हुए हैं?

(क) संघोल (ख) रोपड़
(ग) चंडीगढ़ (घ) भटिंडा

965. नौंवी सदी का बना हुआ मंदिर, जो कि बिना चूने के ईंटों से बनाया गया है, हरियाणा के कैथल जिले के कौन से स्थान पर स्थित है?

(क) कलायत (ख) जगदीशपुर
(ग) सफीदों (घ) कोई नहीं

उत्तर के लिए कृपया पृष्ठ सं. 199 देखें।

966. 1303 ई. में कौन से सल्तनतकालीन सुल्तान द्वारा हाँसी (हिसार) में बड़सी गेट का निर्माण करवाया गया?

(क) बलबन (ख) अलाउद्दीन खिलजी

(ग) फिरोज तुगलक (घ) मुहम्मद तुगलक

967. मुगल सराय घरौंडा (करनाल) का निर्माण कौन से मुगल शासक के काल में हुआ था। इस स्थान पर प्रथम पानीपत युद्ध (1526) के समय बाबर की सेना ने पड़ाव डाला था?

(क) बाबर (ख) हुमायूँ

(ग) अकबर (घ) शाहजहाँ

968. लाल पत्थर से बनी हुई पत्थर मस्जिद, थानेसर (कुरुक्षेत्र) का निर्माण किस काल में हुआ था?

(क) 16वीं सदी (ख) 17वीं सदी

(ग) 18वीं सदी (घ) 19वीं सदी

969. फिरोज तुगलक ने (1351-88) हिसार में अपनी प्रेमिका की याद में कौन से महल का निर्माण करवाया था?

(क) गुजरी महल (ख) पंच महल

(ग) रंग महल (घ) कोई नहीं

970. हरियाणा में ऐसा कौन सा पुरास्थल है, जहाँ से बड़ी संख्या में यौद्धेय, इंडो-ग्रीक, कुषाण तथा गुप्त शासकों के सिक्के मिलते हैं?

(क) खोखराकोट (ख) मीताथल

(ग) नौरंगाबाद (घ) सुघ

971. हाँसी (हिसार) में स्थित पृथ्वीराज चौहान के किले से सन् 1982 में कितनी जैन मूर्तियाँ प्राप्त हुई थीं?

(क) 47 (ख) 48

(ग) 50 (घ) 52

उत्तर के लिए कृपया पृष्ठ सं. 199 व 200 देखें।

972. प्राचीन सरस्वती नदी का उद्‌गम स्थल, जो कि प्राचीन बौद्धस्थल भी है, क्या वहाँ से बौद्ध विहार एवं स्तूप के प्रमाण भी मिलते हैं?

(क) चनेटी (ख) असंघ

(ग) आदिबद्री (घ) हिसार

973. किस वर्ष यूनेस्को की महासभा द्वारा विश्व के सांस्कृतिक और प्राकृतिक विरासत के संरक्षण करने का संकल्प किया गया था?

(क) 1972 (ख) 1973

(ग) 1974 (घ) 1975

974. भारत विश्वदाय समिति के (World Heritage) सदस्य के रूप में कब से अपना महत्त्वपूर्ण योगदान दे रहा है?

(क) 1984 (ख) 1985

(ग) 1986 (घ) 1987

975. 1919 ई. में साँची (मध्य प्रदेश) में पुरातात्त्विक विरासत का संरक्षण करने के उद्‌देश्य से संग्रहालय की स्थापना किसके द्वारा की गई थी?

(क) जनरल टेलर (ख) सर जॉन मार्शल

(ग) कनिंघम (घ) व्हीलर

976. नई दिल्ली में राष्ट्रपति भवन में राष्ट्रीय संग्रहालय की स्थापना कब की गई थी?

(क) 15 अगस्त, 1949 (ख) 15 अगस्त, 1950

(ग) 15 अगस्त, 1951 (ग) 15 अगस्त, 1952

977. भारतीय पुरातत्त्व सर्वेक्षण का मूल संकल्प वाक्य क्या है?

(क) प्रत्नकीर्तिमपावृणु (ख) विश्व विरासत

(ग) संस्कृति (घ) कोई नहीं

978. भारत का पहला पुरापाषाण उपकरण कहाँ से मिला था?

(क) नेवासा (ख) भीम बेटका

(ग) पल्लावश्म (घ) कोई नहीं

उत्तर के लिए कृपया पृष्ठ सं. 200 देखें।

979. शुंगकालीन सुंदर मूर्तियाँ किस प्रकार बनाई गई हैं?
(क) चाक से (ख) हाथ से
(ग) साँचों में (घ) सभी

980. हथनोरा नामक मानव जीवाश्म स्थल कहाँ स्थित है?
(क) चंबल नदी पर (ख) सोन नदी पर
(ग) नर्मदा नदी पर (घ) बेलन नदी पर

981. बालाथल नामक ताम्रपाषाणिक स्थल कहाँ पर स्थित है?
(क) हरियाणा (ख) पंजाब
(ग) उत्तर प्रदेश (घ) राजस्थान

982. लाजवर्द मणि की खानें कहाँ पर स्थित हैं?
(क) गुजरात में (ख) बदख्शाँ में
(ग) पाकिस्तान में (घ) अफगानिस्तान में

983. काल गणना करने की वृक्षवलय विधि किस तकनीक पर आधारित है?
(क) वार्षिकाओं पर (ख) वृक्ष वलयों पर
(ग) कार्बन-14 पर (घ) कार्बन परमाणुओं पर

984. भारत में प्रागैतिहासिककालीन शोध-कार्य किसके द्वारा शुरू किया गया था?
(क) मार्टिमर व्हीलर (ख) जेम्स फर्गुसन
(ग) राबर्ट ब्रूस फूट (घ) टी. पैटर्सन

985. प्रागैतिहासिककालीन पुरास्थल ओल्डवाई गार्ज कहाँ पर स्थित है?
(क) कोल्मिाई (ख) तंजानिया
(ग) सूडान (घ) दक्षिण अफ्रीका

986. कृत्रिम सिंचाई के सर्वप्रथम प्रमाण कहाँ से मिलते हैं?
(क) इवामगाँव (ख) लोथल
(ग) धौलावीरा (घ) ब्रह्मगिरि

उत्तर के लिए कृपया पृष्ठ सं. 200 देखें।

987. अभिलेखों में वर्णित हेलियोडोरस कौन था?
(क) यूनानी (ख) हूण
(ग) तुर्क (घ) अफगानिस्तानी

988. कौन से पुरास्थल में खाद्य संचयन से खाद्य उत्पादक अर्थव्यवस्था के संक्रमण काल का पता चलता है?
(क) मेहरगढ़ (ख) गुफकराल
(ग) भगवानपुरा (घ) कोई नहीं

989. 'The Earliest Civilization of South Asia' नामक पुस्तक किस पुरातत्त्ववेत्ता द्वारा लिखी गई है?
(क) बी.बी. लाल (ख) बी.के. थापर
(ग) आर. बिष्ट (घ) एस.आर. राव

990. ''यदि उचित ढंग से प्रकाशित नहीं किया गया हो, तो सारा उत्खनन की बर्बादी है'' यह कथन कौन से पुरातत्त्ववेत्ता का है?
(क) जॉन मार्शल (ख) कनिंघम
(ग) मार्टिमर व्हीलर (घ) आल्चीन

991. निम्नलिखित कौन से पुरास्थल से ताम्रनिधियाँ प्राप्त हुई हैं?
(क) हस्तिनापुर (ख) गुंगेरिया
(ग) नागदा (घ) कालीबंगा

992. लकुलीश कौन से भगवान् के अवतार हैं?
(क) महावीर (ख) शिव
(ग) इंद्र (घ) विष्णु

993. हिंदू, बौद्ध तथा जैन शैल-गुहाएँ किस स्थान से प्राप्त हुई हैं?
(क) ऐलोरा (ख) अजंता
(ग) ऐलीफेंटा (घ) कोई नहीं

994. 'सरस्वती फ्लोज ऑन' (Saraswati Flows on) नामक पुस्तक कौन से पुराविद् द्वारा लिखी गई है?
(क) बी.बी. लाल (ख) एस.आर. राव
(ग) ए. घोष (घ) आल्चीन

उत्तर के लिए कृपया पृष्ठ सं. 200 देखें।

995. पाषाणकालीन मत्स्य भाले निम्न से निर्मित हैं?
(क) पाषाण (ख) ताम्र
(ग) प्रस्तर (घ) श्रृंग

996. निम्न अभिलेखों में कौन सा तमिल राज्य-संघ को दरशाता है?
(क) हाथी गुंफा
(ख) इलाहाबाद स्तंभ
(ग) अशोक का 13वाँ अभिलेख
(घ) उत्तरमेरूर

997. भारतीय पालतू मवेशी का वैज्ञानिक नाम क्या है?
(क) बास नोमैकिस (ख) बास इंडिकस
(ग) बास बैटिंग (घ) कोई नहीं

998. पोतिन सिक्के सर्वप्रथम किस वंश द्वारा जारी किए गए थे?
(क) मौर्य वंश (ख) सातवाहन वंश
(ग) शुंग वंश (घ) कुषाण वंश

999. निम्नलिखित कौन सा अभिलेख कालिदास तथा भारवि का उल्लेख करता है?
(क) बादामी अभिलेख (ख) इलाहाबाद अभिलेख
(ग) ऐहोल अभिलेख (घ) मास्की अभिलेख

1000. हीनयान मत में महात्मा बुद्ध को निम्न किस प्रतीक से दरशाया गया है?
(क) स्वास्तिक (ख) नंदिपाद
(ग) धर्मचक्र (घ) कमल

□

उत्तर के लिए कृपया पृष्ठ सं. 200 देखें।

उत्तरमाला

1. (घ) उपर्युक्त सभी।
2. (ख) सैंधव
3. (क) मोहम्मद रफीक मुगल
4. (घ) उपर्युक्त सभी
5. (घ) उपर्युक्त सभी
6. (क) नवादाटोली
7. (क) महाराष्ट्र
8. (क) चन्हुदड़ों
9. (क) ताँबे के बने विशिष्ट प्रकार के उपकरण
10. (क) 1822 में बिठूर से
11. (क) आकस्मिक रूप से समूह में मिलने के कारण
12. (क) 1916 में हीरानंद शास्त्री ने
13. (घ) सिंधु
14. (घ) उपर्युक्त सभी
15. (क) बनावली
16. (क) कालीबंगा
17. (ग) लोथल (गुजरात)
18. (ग) सुरकोटड़ा
19. (क) लोथल
20. (क) 800 × 1200
21. (क) कालीबंगा
22. (क) 4 : 2 : 1
23. (ख) मोहनजोदड़ो
24. (क) 1853
25. (क) 250–400 चिह्न
26. (क) मोहनजोदड़ो
27. (ख) हड़प्पा
28. (ग) लोथल
29. (क) शहरी
30. (क) चंडीगढ़
31. (ग) मेहरगढ़
32. (घ) मध्य प्रदेश
33. (घ) छत्तीसगढ़
34. (क) बागोर
35. (ख) मोहनजोदड़ो
36. (घ) हड़प्पा
37. (ग) लोहा
38. (ग) धौलावीरा
39. (ग) लोथल
40. (क) कांस्य युग
41. (क) कनिंघम ने
42. (घ) गन्ना

43. (क) मोहनजोदड़ो
44. (घ) मंदिर
45. (ग) भैंस
46 (क) चन्हुदड़ों
47. (घ) ताँबा
48. (ग) टेराकोटा
49. (घ) कपास
50. (घ) लरकाना
51. (ख) मोहनजोदड़ो
52. (क) रावी
53. (घ) बोगजगोई अभिलेख
54. (क) बेसनगर गरुड़ स्तंभ.
55. (क) बुर्जहोम
56. (घ) लेखन कला थी, लेकिन पढ़ी नहीं गई
57. (घ) 40 हजार साल पहले
58. (ग) नवपाषाण काल
59. (ख) गुजरात
60. (क) 1921 में दयाराम साहनी ने
61. (घ) 10 हजार साल पहले
62. (क) 1922 में आर.डी. बैनर्जी ने
63. (ग) 1950-52
64. (ख) 900 ई.पू.
65. (क) 1953 में बी.बी. लाल तथा बी.के. थापर ने
66. (ग) 1100 ई.पू.
67. (क) 1953-54 में रंगनाथ राव ने
68. (घ) 1973-74 में आर.एस. बिष्ट ने
69. (क) नृतत्त्वशास्त्र
70. (क) कार्बन-14
71. (ग) 1961
72. (ग) संस्कृति मंत्रालय
73. (क) 1937
74. (क) प्रियदर्शी
75. (क) 1861-1902
76. (क) ह्वेनसांग
77. (घ) उपर्युक्त सभी
78. (क) कनिंघम
79. (क) 1872
80. (क) 1902-1944
81. (क) 1944-60
82. (क) 1967
83. (ख) 1968-72
84. (क) Under Water Archaeology
85. (क) द्वारका
86. (ग) हड़प्पा
87. (ख) दयाराम साहनी
88. (ग) 12,99,600 वर्ग कि.मी.
89. (क) त्रिभुजाकार
90. (क) पाकिस्तान
91. (ग) 1927 में ऑरेन स्टाइन ने
92. (क) दाश्त नदी
93. (क) प्रागैतिहासिक काल
94. (क) 1962 में जार्ज वेल्स
95. (क) शादीकौर नदी
96. (ग) 1925 में एच. हारग्रीव्स
97. (ग) कोटदीजी संस्कृति
98. (क) फजल अहमद ने 1955-57 में
99. (क) आमरी
100. (क) 1959-61 में एम. कजाक ने

101. (घ) पंजाब
102. (क) यज्ञदत्त शर्मा ने 1953-56 में
103. (ग) छह
104. (क) पंजाब
105. (क) 2004 में डॉ. डी.वी. शर्मा ने
106. (क) राखीगढ़ी
107. (ख) जींद
108. (क) 1997-98 में डॉ. अमरेंद्रनाथ ने
109. (क) सूरजभान तथा आचार्य भगवान देव ने
110. (घ) सरस्वती
111. (ख) हरियाणा
112. (ग) 1968 में डॉ. सूरजभान ने
113. (क) गुजरात
114. (क) भोगवा
115. (क) डॉ. एस.आर. राव ने 1964 में
116. (क) आर.एस. बिष्ट 1990
117. (क) 1961 में बी.बी. लाल तथा बी.के. थापर ने
118. (क) उत्तर प्रदेश
119. (क) जम्मू-कश्मीर
120. (ख) सैंधव सभ्यता
121. (ख) पीजीडब्ल्यू संस्कृति
122. (ख) ग्रामीण संस्कृति
123. (क) 1940-44 में अहिच्छत्र की खुदाई से
124. (घ) उपर्युक्त सभी
125. (क) धूसर अथवा सलेटी रंग के
126. (क) भोजनालय से संबंधित
127. (क) लौहकाल
128. (क) मार्टीमर व्हीलर
129. (क) गंगा नदी की बाढ़ से
130. (क) आर्य लोगों से
131. (ग) 1000 ई.पू. से 600 ई.पू.
132. (क) घोड़े की
133. (क) आर्यों का
134. (ग) भगवानपुरा (कुरुक्षेत्र)
135. (क) भगवानपुरा
136. (ख) निअंडरथल मानव
137. (क) मिस्र मेसोपोटामिया
138. (क) मार्टीमर व्हीलर
139. (क) मार्टीमर व्हीलर
140. (क) उत्तरी काली चमकीली मृदभांड परंपरा
141. (क) तक्षशिला के भीर टीले से
142. (क) जॉन मार्शल ने
143. (ख) एनबीपीडब्ल्यू पात्र-परंपरा
144. (क) लोहा
145. (क) सिक्के
146. (ग) अरिकामेडू
147. (क) पोम्पेर
148. (घ) उपर्युक्त सभी
149. (घ) उपर्युक्त सभी
150. (ख) आर्गस्टस
151. (क) पांडिचेरी
152. (घ) उपर्युक्त सभी
153. (ख) 1945 में मार्टीमर व्हीलर ने
154. (क) तक्षशिला

155. (क) पोडुके
156. (घ) उपर्युक्त सभी
157. (क) लाल कांचित मृदभांड (Red Glazed ware)
158. (क) एंफोरे मृदभांड
159. (घ) उपर्युक्त सभी
160. (ख) तक्षशिला
161. (क) रेशम मार्ग
162. (क) भारत के पक्ष में
163. (घ) उपर्युक्त सभी
164. (ग) कर्नाटक
165. (क) 1947 में मार्टीमर व्हीलर
166. (घ) उपर्युक्त सभी
167. (क) उत्तर प्रदेश के इलाहाबाद जिले में
168. (क) इलाहाबाद विश्वविद्यालय ने
169. (घ) उपर्युक्त सभी
170. (क) हड़प्पा
171. (क) 57 कब्रें
172. (क) उत्तर-दक्षिण दिशा
173. (घ) कालीबंगा
174. (क) खंबात की खाड़ी
175. (क) उत्तर प्रदेश
176. (क) कुरु राजवंश
177. (ग) पाँच
178. (च) उपर्युक्त सभी
179. (घ) उपर्युक्त सभी
180. (ख) उत्तर प्रदेश
181. (क) कनिंघम ने 1861-62 में
182. (घ) सात
183. (क) कौशांबी
184. (क) तक्षशिला
185. (क) गांधार
186. (क) सिरकप टीला
187. (क) बी.बी. लाल तथा के.एन. दीक्षित ने 1977-86 तक
188. (क) सैंधव लोगों से
189. (घ) उपर्युक्त सभी जगह
190. (घ) उपर्युक्त सभी
191. (क) OCP
192. (घ) उपर्युक्त कोई नहीं
193. (क) 1950-52 में बी.बी. लाल ने
194. (ख) PGW पात्र-परंपरा
195. (घ) उपर्युक्त सभी
196. (क) मेहरगढ़
197. (घ) उपर्युक्त सभी
198. (घ) उपर्युक्त सभी
199. (घ) उपर्युक्त सभी
200. (क) मोहनजोदड़ो से
201. (घ) उपर्युक्त सभी
202. (घ) उपर्युक्त सभी
203. (क) बुर्जहोम
204. (क) ये लोग किसी बाह्य आक्रमण का शिकार हो गए थे।
205. (क) मार्टीमर व्हीलर
206. (घ) उपर्युक्त सभी
207. (घ) उपर्युक्त सभी
208. (क) बी.बी. लाल
209. (ख) गार्डन चाईल्ड
210. (क) कुल्हाड़ी
211. (घ) उपर्युक्त सभी
212. (क) टी.एन. खजांची ने 1960-64 तक

213. (क) बुर्जहोम
214. (घ) उपर्युक्त सभी
215. (घ) उपर्युक्त सभी
216. (घ) उपर्युक्त सभी
217. (घ) उपर्युक्त सभी
218. (घ) उपर्युक्त सभी
219. (घ) उपर्युक्त सभी
220. (घ) उपर्युक्त सभी
221. (ग) 20 साल से 10,000 ई.पू.
222. (क) ओल्डवई पेबल उपकरण
223. (क) ओल्डवई जार्ज (तंजानिया)
224. (क) अंग्रेज पुरातत्त्वविद्
225. (घ) उपर्युक्त सभी
226. (क) 1954 में बी.बी. लाल ने
227. (ख) मध्य प्रदेश
228. (क) मध्य पाषाणिक चित्रकला के कारण
229. (क) बी.एस. वाकणकार
230. (क) 1958
231. (क) एच.डी. सांकलियां
232. (ख) शिकार से संबंधित चित्र
233. (ग) उपर्युक्त सभी
234. (घ) उपर्युक्त सभी
235. (घ) उपर्युक्त सभी
236. (क) Origion of Species written by Charles Darvin
237. (ङ) उपर्युक्त सभी
238. (क) पाँच साल
239. (क) प्रतिनूतन काल
240. (क) औजार बनानेवाली प्राणी
241. (ख) अफ्रीका
242. (क) आस्ट्रोलोपिथेकस
243. (घ) उपर्युक्त सभी
244. (क) 20 से 30 लाख वर्ष पहले
245. (घ) उपर्युक्त सभी
246. (ख) निअंडरथल
247. (घ) उपर्युक्त सभी
248. (क) होमोसेपियंस
249. (घ) 10 हजार वर्ष पूर्व
250. (घ) उपर्युक्त सभी
251. (घ) उपर्युक्त सभी
252. (ख) स्त्रियों की
253. (क) होमोइरेक्टस
254. (घ) उपर्युक्त सभी
255. (घ) उपर्युक्त सभी
256. (क) चित्रकला
257. (घ) उपर्युक्त सभी
258. (घ) उपर्युक्त सभी
259. (घ) उपर्युक्त सभी
260. (घ) उपर्युक्त सभी
261. (घ) उपर्युक्त सभी
262. (घ) उपर्युक्त सभी
263. (क) आदिम सभ्यता
264. (घ) उपर्युक्त सभी
265. (क) 5000 ई.पू.
266. (घ) उपर्युक्त सभी
267. (क) मेसोपोटामिया सभ्यता
268. (क) मिस्री सभ्यता
269. (क) चीनी सभ्यता
270. (ख) शहरी सभ्यताएँ
271. (क) इराक

272. (घ) उपर्युक्त सभी
273. (क) सुमेर
274. (घ) उपर्युक्त सभी
275. (घ) उपर्युक्त सभी
276. (क) कीलाक्षर लिपि
277. (क) हेनरी रोलिसन
278. (घ) उपर्युक्त सभी
279. (क) पटेसी
280. (क) जिगुरत
281. (घ) उपर्युक्त सभी
282. (घ) उपर्युक्त सभी
283. (घ) उपर्युक्त सभी
284. (ग) टेलो
285. (घ) उपर्युक्त सभी
286. (क) फ्रांस के सम्राट् तथा विजेता नेपोलियन बोनापार्ट को
287. (ख) काला देश
288. (क) हेरोडोटस ने
289. (क) पेपरिस
290. (क) पिरामिड
291. (क) ममी
292. (क) स्फिक्स
293. (क) फराओ
294. (क) मिस्री
295. (ङ) सभी
296. (ग) दोनों
297. (ख) ओलंपिक गेम (Olympic game)
298. (ख) स्पार्टा
299. (ख) हेरोडोटस
300. (ख) सिकंदर महान्
301. (ग) 776 ई.पू.
302. (ङ) उपर्युक्त सभी
303. (क) रोमन
304. (ग) कोलोजियम
305. (ख) ग्लेडियेटर
306. (ङ) उपर्युक्त सभी
307. (क) ईसाई धर्म की उत्पत्ति
308. (ङ) उपर्युक्त सभी
309. (ग) मौलाना आजाद
310. (क) केंद्रीय मानव संसाधन मंत्रालय
311. (क) रॉयल एशियाटिक सोसायटी
312. (क) जेम्स बर्गेस
313. (घ) एन.पी. चक्रवर्ती
314. (घ) 1967 में
315. (क) वर्षा ऋतु के उपरांत
316. (घ) उपर्युक्त सभी
317. (घ) उपर्युक्त सभी
318. (क) रामायण
319. (ख) ताजमहल
320. (घ) उपर्युक्त सभी
321. (ख) सैंधव सभ्यता
322. (घ) उपर्युक्त सभी
323. (घ) उपर्युक्त सभी
324. (घ) उपर्युक्त सभी
325. (घ) उपर्युक्त सभी
326. (क) अभिलेखशास्त्र
327. (ग) पत्थर पर
328. (ग) तृतीय सदी ई.पू.
329. (घ) तीसरा और चौथा दोनों
330. (ख) सम्राट् अशोक
331. (घ) उपर्युक्त सभी
332. (क) ईसा की दूसरी सदी में
333. (क) ब्राह्मी को
334. (क) उत्तर-पश्चिमी

335. (क) बाईं से दाईं ओर
336. (क) दाईं से बाईं ओर
337. (घ) 1837
338. (क) बेहिस्तून एवं पर्सिपोलिस अभिलेख
339. (ख) अशोक
340. (क) अलअमर्ना
341. (क) ग्वालियर
342. (क) खारवेल
343. (क) स्कंदगुप्त
344. (क) विजयसेन
345. (ख) ऐहोल
346. (क) बेसनगर गरुड़ स्तंभ-लेख
347. (ग) ताँबा
348. (क) महाराष्ट्र के नासिक से
349. (क) गिरनार अभिलेख
350. (ग) रुमिनदेई अभिलेख
351. (क) मास्की तथा गुजर्रा अभिलेख
352. (ख) डी.आर. भंडारकर
353. (ग) पाँचवाँ शिलालेख
354. (ग) 13वाँ शिलालेख
355. (क) चौथा स्तंभलेख
356. (क) प्रयाग स्तंभ लेख
357. (क) शाहबाजगढ़ी एवं मानसेरा
358. (क) 13वें शिलालेख से
359. (क) नासिक प्रशस्ति
360. (क) प्रयाग स्तंभलेख
361. (क) प्रयाग प्रशस्ति
362. (क) मंदसौर अभिलेख
363. (ख) समुद्रगुप्त का एरण शिलालेख
364. (ख) हरिषेण
365. (क) वत्सभट्टी
366. (ख) गोपराज
367.(ख) 4 3 2 1
368. (घ) 1100 ई.पू.
369. (ख) मोहरों से
370. (ख) 1500 ई.पू.
371. (घ) लोथल
372. (घ) मेसोपोटामिया सभ्यता
373. (ख) उत्तर प्रदेश के मेरठ जिले में
374. (क) पशुपति शिव
375. (क) हड़प्पा
376. (ख) गहरी पक्की नालियों से
377. (क) पूर्व हड़प्पा सभ्यता
378. (क) PreHarrapan (पूर्वहड़प्पा)
379. (क) प्राक् हड़प्पा
380. (ख) द्राविड़
381. (घ) नाल (राजस्थान)
382. (घ) उपर्युक्त सभी
383. (घ) उपर्युक्त सभी
384. (ख) देसलपुर
385. (क) मोहनजोदड़ो
386. (ख) हड़प्पा
387. (घ) प्रशासनिक शिथिलता
388. (ख) मोहनजोदड़ो
389. (ग) लकड़ी
390. (ग) सैंधव सभ्यता
391. (घ) उपर्युक्त सभी
392. (क) सैंधव काल
393. (ग) चतुष्महापथ
394. (क) 30 फीट
395. (क) कांस्य काल
396. (घ) उपर्युक्त सभी

397. (ख) 39 फीट×23 फीट×8 फीट
398. (घ) उपर्युक्त सभी
399. (ख) 540 कि.मी.
400. (क) रुई की बत्ती के साथ चरबी का प्रयोग
401. (घ) हाथी दाँत
402. (ग) हाथी दाँत की
403. (क) नाथ, कर्णफूल, कमरबंध, नुपूर आदि
404. (घ) उपर्युक्त सभी
405. (ग) लोथल
406. (घ) ब्लूचिस्तान
407. (घ) गन्ना
408. (क) कालीबंगा
409. (ख) एनबीपीडब्ल्यू
410. (ख) ताम्र और पत्थर का एक साथ प्रयोग
411. (ग) ताँबा, लाजवर्द, हाथी दाँत, मोहरें
412. (ख) दिलमन, मागन, मेलूहा
413. (क) सूसा, ऊर, किश
414. (क) जॉन मार्शल
415. (क) पत्थर
416. (घ) उपर्युक्त सभी
417. (ख) हड़प्पा
418. (क) मोहनजोदड़ो
419. (घ) उपर्युक्त सभी
420. (ख) भगवानपुरा
421. (क) अतरंजीखेड़ा
422. (घ) उपर्युक्त सभी
423. (ख) एनबीपीडब्ल्यू
424. (ख) वैदिक काल
425. (ख) जैन श्रुत देवी सरस्वती
426. (घ) उपर्युक्त सभी
427. (क) 14
428. (ग) दोनों
429. (ङ) उपर्युक्त सभी
430. (क) कंकाली टीला (मथुरा)
431. (क) जीवंत स्वामी मूर्ति
432. (ग) दोनों
433. (क) ऋषभनाथ
434. (घ) उपर्युक्त सभी
435. (क) लोहानीपुर (पटना)
436. (घ) उपर्युक्त सभी
437. (ङ) उपर्युक्त सभी
438. (घ) उपर्युक्त सभी
439. (ग) बोधिसत्त्व
440. (ङ) उपर्युक्त सभी
441. (ङ) उपर्युक्त सभी
442. (ङ) उपर्युक्त सभी
443. (ङ) उपर्युक्त सभी
444. (ङ) उपर्युक्त सभी
445. (ख) काला पगौड़ा
446. (च) उपर्युक्त सभी
447. (क) तमिलनाडु
448. (ख) पांडवों
449. (ख) सात पगौड़ा
450. (क) चंदेलवंशी राजाओं द्वारा
451. (क) नागर शैली
452. (घ) सभी का
453. (घ) उपर्युक्त सभी
454. (ङ) उपर्युक्त सभी
455. (घ) गुप्तकाल
456. (घ) उपर्युक्त सभी
457. (घ) उपर्युक्त सभी
458. (छ) उपर्युक्त सभी
459. (क) देवगढ़ का दशावतार

मंदिर
460. (ख) गुप्तकाल
461. (ङ) उपर्युक्त सभी
462. (घ) उपर्युक्त सभी
463. (ङ) उपर्युक्त सभी
464. (ङ) उपर्युक्त सभी
465. (घ) उपर्युक्त सभी
466. (घ) उपर्युक्त सभी
467. (घ) उपर्युक्त सभी
468. (घ) उपर्युक्त सभी
469. (क) देवगढ़ का दशावतार मंदिर
470. (क) नेपाल के पास पीपरवा स्तूप
471. (घ) उपर्युक्त सभी
472. (ग) 84,000
473. (ङ) उपर्युक्त सभी
474. (ङ) उपर्युक्त सभी
475. (क) स्तूपों के अंदर
476. (घ) उपरोक्त सभी
477. (ख) मथुरा शैली
478. (क) होती मरदान (पेशावर)
479. (क) मथुरा
480. (ग) दोनों
481. (क) पेशावर का स्तूप
482. (ङ) उपर्युक्त सभी
483. (घ) उपरोक्त सभी
484. (ङ) उपरोक्त सभी
485. (घ) उपरोक्त तीनों
486. (ख) गांधार कला शैली
487. (घ) उपरोक्त सभी
488. (क) धर्म
489. (घ) उपरोक्त सभी
490. (च) उपरोक्त सभी
491. (ग) कुम्हरार का मौर्य सभा भवन
492. (क) लोमश ऋषि गुफा
493. (क) बौद्ध धर्म
494. (क) साँची स्तूप
495. (क) परखम से प्राप्त यक्ष-मूर्ति
496. (क) दीदारगंज की यक्षी
497. (क) सारनाथ स्तंभ
498. (क) रुमिनदेई स्तंभ
499. (ङ) उपरोक्त सभी
500. (घ) उपरोक्त सभी
501. (ग) मयूर
502. (ग) चुनार पत्थर
503. (क) 32
504. (क) गंग राजा नरसिंह वर्मन द्वारा 1278 ई. में
505. (ख) मौर्यकालीन पॉलिश
506. (घ) उपरोक्त सभी
507. (घ) उपर्युक्त सभी
508. (घ) उपर्युक्त सभी
509. (घ) उपयुक्त सभी
510. (घ) उपर्युक्त सभी
511. (ख) बुलंदीबाग तथा कुम्हरार
512. (घ) उपर्युक्त सभी
513. (क) बराबर तथा नागार्जुनी
514. (क) अल्तेकर
515. (ख) मौर्यकाल
516. (ख) पूजा स्थल
517. (ख) 80 स्तंभ
518. (घ) अरिकामेड्डु
519. (ग) गुप्तकाल
520. (ग) 18-19वीं गुफा
521. (क) 16वीं गुफा

522. (क) 17वीं गुफा
523. (घ) उपर्युक्त सभी
524. (घ) उपर्युक्त सभी
525. (क) कुषाण वंश
526. (ग) देवगढ़ मंदिर
527. (घ) समुद्रगुप्त
528. (क) अजंता एवं एलोरा
529. (क) महाराष्ट्र के कोल्हापुर से
530. (क) भीतरगाँव मंदिर
531. (ग) गुप्तकाल
532. (घ) उपर्युक्त सभी
533. (ग) वस्तु-विनिमय प्रणाली
534. (क) गाय को
535. (घ) उपरोक्त सभी
536. (घ) उपर्युक्त सभी
537. (क) आहत मुद्राएँ
538. (क) चाँदी-ताँबा
539. (ग) विभिन्न प्रतीक चिह्न जैसे वृक्ष, पुष्प, पक्षी, ज्यामितीय चित्र
540. (ख) नहीं
541. (घ) उपरोक्त सभी
542. (घ) उपरोक्त सभी
543. (ङ) उपर्युक्त सभी
544. (क) यौद्धेय
545. (घ) उपरोक्त सभी
546. (घ) कदंब वृक्ष
547. (ख) उपरोक्त सभी
548. (क) बछड़ा
549. (ङ) उपरोक्त सभी
550. (क) कनिष्क
551. (घ) गुप्त राजवंश
552. (घ) उपरोक्त सभी
553. (ङ) उपर्युक्त सभी
554. (क) डेकादुख्म
555. (घ) उपर्युक्त सभी
556. (घ) उपर्युक्त सभी
557. (क) कृष्ण-बलराम
558. (ङ) उपरोक्त सभी
559. (घ) उपरोक्त सभी
560. (क) दीनार
561. (क) विमकदफिसिस
562. (ग) शिव
563. (घ) उपरोक्त सभी
564. (ग) संस्कृत
565. (घ) उपरोक्त सभी
566. (ख) गुप्त वंश
567. (ग) कार्तिकेय षष्टी
568. (ग) चंद्रगुप्त-I
569. (क) राजारानी प्रकार
570. (ख) कुमार देवी
571. (ग) छह
572. (ग) कुमारगुप्त
573. (क) सात
574. (क) 14 प्रकार
575. (ख) चंद्रगुप्त द्वितीय
576. (घ) ताँबा-सीसा
577. (ग) सीसा
578. (ख) शतमान
579. (क) तक्षशिला
580. (ख) विम कदफिसिस
581. (क) कुजुल कदफिसिस
582. (क) साहूकारों एवं शिल्पियों का निगम
583. (क) समुद्रगुप्त
584. (क) कुषाण वंश

585. (घ) उपर्युक्त सभी
586. (घ) उपर्युक्त सभी
587. (घ) उपर्युक्त सभी
588. (घ) उपर्युक्त सभी
589. (ग) कौड़ियाँ
590. (ङ) उपरोक्त सभी
591. (क) सिंध
592. (ग) इल्तुतमिश
593. (ग) रजिया सुल्ताना
594. (ग) इल्तुतमिश
595. (ग) इल्तुतमिश
596. (क) मुहम्मद तुगलक
597. (घ) उपर्युक्त सभी
598. (क) बहलोल लोधी
599. (ख) मुहम्मद गौरी
600. (ख) अदली
601. (ग) दिरहम
602. (क) वराह
603. (घ) उपर्युक्त सभी
604. (क) शेरशाह सूरी
605. (घ) उपर्युक्त सभी
606. (घ) उपर्युक्त सभी
607. (ग) दोनों
608. (ख) पैसा
609. (क) 1577
610. (घ) उपर्युक्त सभी
611. (ख) जलाली
612. (ग) दोनों
613. (क) सीता-राम
614. (ख) निसार
615. (घ) आना
616. (घ) औरंगजेब
617. (ग) औरंगजेब
618. (घ) उपर्युक्त सभी
619. (ख) जहाँगीर
620. (ख) जहाँगीर
621. (क) अकबर
622. (क) बाज
623. (क) कुतबुद्दीन ऐबक
624. (घ) फिरोज तुगलक
625. (ग) मुहम्मद तुगलक
626. (ख) रजियतउद्दीन
627. (घ) उपर्युक्त सभी
628. (ख) चिरांद
629. (ख) मैसूर
630. (क) दायमाबाद
631. (ख) गुजरात
632. (घ) उपर्युक्त सभी
633. (ख) धौलावीरा, राखीगढ़ी
634. (क) धौलावीरा
635. (ख) एक शृंगी पशु
636. (क) स्वास्तिक चिह्न
637. (ख) शिव
638. (घ) गुप्तकाल
639. (क) बेसनगर का गरुड़ स्तंभलेख
640. (घ) उपरोक्त सभी
641. (क) प्रथम शिलालेख
642. (घ) उपर्युक्त सभी
643. (ग) रूपदर्शक
644. (क) सौहगोरा एवं महास्थान्
645. (क) ऋग्वेद
646. (क) पाली
647. (ख) धर्मचक्र प्रवर्तन
648. (घ) उपरोक्त सभी
649. (क) 8,000
650. (ख) इंडो-ग्रीक शासकों ने
651. (क) जूनागढ़ अभिलेख

652. (घ) उपर्युक्त सभी
653. (घ) उपर्युक्त सभी
654. (ङ) उपर्युक्त सभी
655. (क) उत्तर प्रदेश
656. (घ) उपर्युक्त सभी
657. (क) 18
658. (घ) कुमारगुप्त
659. (क) पेहोवा प्रशस्ति
660. (घ) उपर्युक्त सभी
661. (घ) उपर्युक्त सभी
662. (घ) उपर्युक्त सभी
663. (ख) 950-1050 ई. में.
664. (क) पल्लव नरेश
665. (क) राजराज चोल
666. (ङ) उपर्युक्त सभी
667. (ख) कनिंघम
668. (ख) सोमेश्वर
669. (क) खजुराहो
670. (क) भीम प्रथम
671. (क) मार्तंड सूर्य मंदिर
672. (क) महमूद गजनवी ने 1025 में
673. (क) चंदेल राजवंश
674. (क) इंद्रप्रस्थ
675. (क) चहमान
676. (ख) योगिनीपुर
677. (क) चौहान
678. (ख) कृष्ण प्रथम
679. (ख) पृथ्वीसेन द्वितीय
680. (ख) महाभैरव
681. (क) पुलकेशन द्वितीय
682. (क) नरसिंह वर्मन द्वितीय
683. (घ) उपर्युक्त सभी
684. (क) स्थानीय एवं ग्राम प्रशासन
685. (क) फर्ग्यूसन
686. (क) नटराज शिव
687. (घ) उपर्युक्त सभी
688. (क) 1502 ई. में
689. (क) बाबरनामा
690. (घ) उपर्युक्त सभी
691. (क) राणा कुंभा
692. (क) सात मंजिला स्तंभ
693. (ग) कुली कुतुबशाह
694. (क) कृष्णदेव राय ने
695. (क) छठा शिलालेख
696. (ख) शिखर
697. (क) कुव्वत-उल-इस्लाम मस्जिद
698. (घ) उपर्युक्त सभी
699. (ख) अरैबक्स
700. (घ) 1545
701. (ङ) उपर्युक्त सभी
702. (क) आरामबाग
703. (घ) उपर्युक्त सभी
704. (क) शेरशाह सूरी का सहसराम का मकबरा
705. (क) इल्तुतमिश
706. (क) रजिया सुल्ताना
707. (ग) 1308
708. (घ) सभी
709. (घ) उपर्युक्त सभी
710. (घ) उपर्युक्त सभी
711. (ङ) उपर्युक्त सभी
712. (ग) जहाँगीर
713. (ख) नूरजहाँ
714. (ख) शाहजहाँ
715. (ङ) उपर्युक्त सभी

716. (क) ताजमहल
717. (घ) उपर्युक्त सभी
718. (क) कुव्वत-उल-इस्लाम
719. (ग) अजमेर
720. (क) कुतुबुद्दीन बख्तियार काकी
721. (ख) इल्तुतमिश
722. (क) सुल्तानगढ़ी अथवा नसीरुद्दीन का मकबरा
723. (क) बलबन का मकबरा
724. (ग) अलाउद्दीन खिलजी
725. (घ) उपर्युक्त सभी
726. (क) जॉन मार्शल
727. (ग) मुहम्मद तुगलक
728. (घ) उपर्युक्त सभी
729. (ख) फिरोज तुगलक
730. (क) ढलवाँ दीवारें
731. (घ) लोधी वंश
732. (ख) सिकंदर लोधी
733. (ग) लोधी काल
734. (क) पानीपत
735. (क) सुल्तानों द्वारा
736. (ख) सिकंदर लोधी
737. (ङ) उपर्युक्त सभी
738. (ख) 1591
739. (घ) आदिलशाह
740. (ख) मुईनुद्दीन चिश्ती
741. (ख) 1575 ई.
742. (ग) राजाराम
743. (ख) द्वितीय
744. (घ) उपर्युक्त सभी
745. (क) पित्रादुरा
746. (घ) उपर्युक्त सभी
747. (क) दीन पनाह नगर
748. (क) किला-ए-कुहना
749. (घ) उपर्युक्त सभी
750. (ङ) उपर्युक्त सभी
751. (ख) राम
752. (ग) विमान
753. (ग) चतुर्भुजा
754. (क) मंदिर निर्माण करके
755. (क) जहाँगीर महल
756. (क) ईरानी शैली
757. (क) हुमायूँ का मकबरा
758. (ग) शाहजहाँ
759. (घ) उपर्युक्त सभी
760. (क) दरबारी जीवन के दृश्य
761. (ग) पोर्ट्रेट पेंटिंग
762. (क) प्राकृतिक दृश्य
763. (क) स्वास्तिक
764. (घ) दास्तान-ए-अमीर हमजा
765. (घ) मुहम्मद तुगलक
766. (ग) मोठ-मस्जिद
767. (ख) अटाला मंदिर
768. (ख) बंगाल शैली
769. (घ) उपर्युक्त सभी
770. (क) दिल्ली
771. (क) जैन मंदिर
772. (घ) उपर्युक्त सभी
773. (ख) महाभारत
774. (ङ) उपर्युक्त सभी
775. (घ) उपर्युक्त सभी
776. (ग) जहाँआरा
777. (ख) हुमायूँ का मकबरा
778. (क) हुमायूँ की विधवा हाजी बेगम ने
779. (ख) हुमायूँ का मकबरा दिल्ली

780. (क) मिर्जा ग्यास
781. (ख) हुमायूँ का मकबरा
782. (क) जोधाबाई का महल
783. (क) लाहौर का किला
784. (क) शेख सलीम चिश्ती
785. (ङ) उपर्युक्त सभी
786. (ख) जहाँगीर
787. (ग) 1613 में
788. (क) ऐतामुद्दौला का मकबरा
789. (ख) ऐतामुद्दौला का मकबरा
790. (ग) लाहौर
791. (क) शालीमार बाग
792. (क) मकराना
793. (क) दिल्ली
794. (क) लाल किला (दिल्ली)
795. (ख) दीवान-ए-खास
796. (क) ताजमहल
797. (क) उस्ताद अहमद लाहौरी
798. (घ) उपर्युक्त सभी
799. (ख) जॉन मार्शल
800. (ग) Archaeology Department of India
801. (क) काँगड़ा किला
802. (क) 1958 का Ancient Monuments and Archaeological sites and Remains Act.
803. (घ) उपर्युक्त सभी
804. (ख) 1300
805. (घ) उपर्युक्त सभी
806. (क) 72.5 मी.
807. (क) जहाँगीर
808. (ङ) सभी
809. (क) कुरुक्षेत्र
810. (घ) फ्रांस
811. (घ) चंडीगढ़
812. (क) कुरुक्षेत्र
813. (ङ) उपर्युक्त सभी
814. (क) पेहोवा
815. (घ) उपर्युक्त सभी
816. (क) हरियाणा
817. (ग) चंद्रकूप
818. (ग) राजस्थानी
819. (क) सोनीपत
820. (ग) शेरशाह सूरी
821. (क) शिवालिक पर्वतमाला
822. (ख) लाडनूँ अभिलेख
823. (ख) बहुधान्यक प्रदेश
824. (ख) पेहोवा प्रशस्ति
825. (ग) सोनीपत ताम्रपत्र
826. (क) सुघ अभिलेख (जगाधरी)
827. (क) अग्रोहा और रोहतक
828. (क) हिसार
829. (ग) सोनीपत
830. (घ) उपर्युक्त सभी
831. (घ) उपर्युक्त सभी
832. (ग) खोखराकोट (रोहतक)
833. (क) रोहतक
834. (क) सफीदों
835. (क) कैथल
836. (ख) शेख चिल्ली का मकबरा
837. (क) थानेसर (कुरुक्षेत्र)
838. (ङ) उपर्युक्त सभी
839. (ख) मीताथल (भिवानी)
840. (क) हाँसी
841. (ख) होडल
842. (क) मंदिरों के निर्माण का

843. (ख) नव-पाषाण काल
844. (घ) उपर्युक्त सभी
845. (क) माजरा (रोहतक)
846. (क) कुरुक्षेत्र
847. (क) सुघ
848. (क) बाणभट्ट का हर्षचरित
849. (घ) बिजौलिया अभिलेख
850. (क) बनावली
851. (क) महाभारत
852. (क) हाँसी
853. (ग) नारनौल
854. (घ) मीताथल
855. (क) रोहतक
856. (क) राजा कुरू
857. (ख) वामन पुराण
858. (ग) ज्योतिसर
859. (घ) उपर्युक्त सभी
860. (ख) दौलतपुर
861. (ग) यक्ष-यक्षिणी
862. (ग) कैथल
863. (ग) कैथल
864. (क) सीसवाल
865. (ग) बल्लभगढ़
866. (घ) उपर्युक्त सभी
867. (क) थानेसर
868. (ग) राखीगढ़ी
869. (क) एच.एल. श्रीवास्तव
870. (क) 12वीं सदी में
871. (ग) पृथ्वीराज चौहान
872. (ख) 1014 ई. में
873. (ग) पुष्यभूति
874. (क) जींद
875. (ख) दक्ष खेड़ा
876. (घ) दाराशिकोह
877. (क) डॉ. उदयवीर सिंह तथा डॉ. सूरजभान ने
878. (क) बनावली
879. (ख) मिट्टी की कच्ची ईंटों से बने मकान
880. (क) किलोई (रोहतक)
881. (ग) गुप्तकाल
882. (ग) नारनौल
883. (क) ऋग्वेद
884. (क) रोहतक
885. (ङ) उपर्युक्त सभी
886. (ग) बंदा बैरागी
887. (क) कन्हैया सिंह
888. (ङ) 1898 में डब्ल्यू. सी. पेपे ने
889. (ङ) उपर्युक्त सभी
890. (क) बोरोबुदूर स्तूप
891. (ख) छतरी
892. (क) जियारत
893. (च) उपर्युक्त सभी
894. (घ) उपर्युक्त सभी
895. (घ) उपर्युक्त सभी
896. (घ) 50,000
897. (घ) उपर्युक्त सभी
898. (ङ) उपर्युक्त सभी
899. (घ) उपर्युक्त सभी
900. (क) हड़प्पा से प्राप्त योगी की मूर्ति
901. (घ) उपर्युक्त सभी
902. (घ) उपर्युक्त सभी
903. (घ) उपर्युक्त सभी
904. (ग) सम्राट् अशोक

905. (ख) कुम्हरार का मौर्य सभा भवन
906. (क) बिहार
907. (ङ) उपर्युक्त सभी
908. (च) उपर्युक्त सभी
909. (घ) उपर्युक्त सभी
910. (घ) उपर्युक्त सभी
911. (ङ) उपर्युक्त सभी
912. (ङ) उपर्युक्त सभी
913. (ङ) उपर्युक्त सभी
914. (क) तीर्थंकरों की मूर्तियों के वक्षस्थल पर श्रीवत्स चिह्न होना
915. (घ) गुप्तकाल
916. (क) बरमिंघम संग्रहालय (इंग्लैंड)
917. (घ) उपर्युक्त सभी
918. (घ) उपर्युक्त सभी
919. (क) कौशाम्बी
920. (क) गया (पटना)
921. (घ) उपर्युक्त सभी
922. (ग) गुप्तकाल
923. (ग) कैलाश गुफा
924. (क) साँची मंदिर
925. (घ) उपर्युक्त सभी
926. (क) शिव
927. (घ) 1983
928. (घ) उपर्युक्त सभी
929. (ग) दोनों को
930. (ज) उपर्युक्त सभी
931. (ख) डब्ल्यू इर्म्सन
932. (क) पश्चिमी बलूचिस्तान
933. (क) क्वार्टजाइट
934. (घ) 1855
935. (क) 1814
936. (क) धर्मपाल
937. (ख) नालंदा
938. (क) हाँसी
939. (क) पिंजौर
940. (क) नूरजहाँ
941. (क) हजरत बल
942. (क) काबुली मस्जिद
943. (ख) काला अंब
944. (क) असंध
945. (क) कोस मीनार
946. (क) 1819 में
947. (क) 1981 से 1989
948. (क) 100 मी.
949. (ग) 1983
950. (क) नूरजहाँ
951. (क) 4.50 कि.मी.
952. (क) कलानौर
953. (ख) रोपड़
954. (क) रामबाग
955. (ख) महाराजा नरपेंद्र नारायण
956. (घ) 38
957. (क) बौद्ध गया
958. (ख) घोड़ा
959. (क) लिंगराज मंदिर
960. (क) शांति स्तूप
961. (क) श्री जगन्नाथ मंदिर (पुरी)
962. (ग) नाजिम हुमायूँ
963. (क) 2001 में
964. (क) संघोल
965. (क) कलायत
966. (ख) अलाउद्दीन खिलजी
967. (घ) शाहजहाँ
968. (ख) 17वीं सदी

969. (क) गुजरी महल
970. (ग) नौरंगाबाद
971. (क) 47
972. (ग) आदिबद्री
973. (क) 1972
974. (ख) 1985
975. (ख) सर जॉन मार्शल
976. (क) 15 अगस्त, 1949
977. (क) प्रल्कीर्तिमपावृणु
978. (ग) पल्लावरम
979. (ग) साँचों में
980. (ग) नर्मदा नदी पर
981. (घ) राजस्थान
982. (ख) बदख्शाँ में
983. (ख) वृक्ष-वलयों पर
984. (ग) रॉबर्ट ब्रूसफूट
985. (ख) तंजानिया
986. (क) इवामगाँव
987. (क) यूनानी
988. (क) मेहरगढ़
989. (क) बी.बी. लाल
990. (ग) मार्टिमर व्हीलर
991. (ख) गुंगेरिया
992. (ख) शिव
993. (ख) अजंता
994. (क) बी.बी. लाल
995. (घ) श्रृंग
996. (ग) अशोक का 13वाँ अभिलेख
997. (ख) बास इंडिकस
998. (ख) सातवाहन वंश
999. (ग) ऐहोल अभिलेख
1000. (ग) धर्मचक्र

□□□